雪的心里，藏着一个春天

王秋珍 —— 著

江西人民出版社

图书在版编目（CIP）数据

雪的心里，藏着一个春天 / 王秋珍著. -- 南昌：江西人民出版社，2019.9
ISBN 978-7-210-11400-0

Ⅰ. ①雪… Ⅱ. ①王… Ⅲ. ①散文集－中国－当代 Ⅳ. ①I267

中国版本图书馆CIP数据核字(2019)第121984号

雪的心里，藏着一个春天

王秋珍 / 著

责任编辑 / 冯雪松

出版发行 / 江西人民出版社

印刷 / 三河市金泰源印务有限公司

版次 / 2019年9月第1版

2019年9月第1次印刷

690毫米×980毫米　1/16　14印张

字数 / 190千字

ISBN 978-7-210-11400-0

定价 / 36.80元

赣版权登字-01-2019-243

版权所有　侵权必究

如有质量问题，请寄回印厂调换。联系电话：13833676809

目 录

第一辑　忍冬

002... 忍冬
004... 紫玄月
006... 栀子
008... 迎得春来非自足
011... 银柳花
013... 野茉莉
015... 鸭脚子
017... 小蔓
019... 幸福就像吃香椿

021... 五行草
023... 童年的野草莓
025... 神草商陆
027... 荠花如雪
029... 南烛
031... 母亲花
033... 绿萝
035... 蜡梅香
037... 空心菜

039... 看青

041... 金樱子

043... 狐尾

045... 红花石蒜

047... 红豆杉

049... 黑王子

052... 海棠

054... 鬼子姜

056... 拐枣

058... 枸杞

060... 吊兰

062... 地耳

065... 蝉翼玉露

067... 苍耳

069... 白花紫露

071... 扁豆的盛宴

第二辑　雪的心里，藏着一个春天

074... 雪的心里，藏着一个春天

077... 黑白电影

079... 西红柿只有一种颜色

081... 馋嘴父亲

083... 砚遇

085... 奶奶的玉簪子

088... 所有的素朴，都通向美好

091... 老爸的讲究

093... 我的第二个爸爸

096... 种春风的父亲

098... 就要这样宠着你

100... 老爸的镘灶

102... 10米的距离，就是家乡

104... 母亲的三角叉

107... 傻傻的母鸡

110... 那年夏天，风呼呼地吹过

第三辑　走着走着，花就开了

116... 走着走着，花就开了

119... 童瓢鸡子

123... 乡野的呼吸

127... 在春天，与她相遇

130... 这世界如此安静

135... 游荆州古城

138... 九霄碧云洞

141... 欠一点刚刚好

143... 青竹

146... 有一种执念，和水有关

149... 石斑鱼的春天

151... 利事藕

154... 每个人都有属于自己的树枝

156... 联趣追华年

158... 你的视而不见，是淡淡的暖

160... 原来想你就是一种想哭的感觉

164... 铁锅又破了

166... 孤独的朝圣者

168... 没有人是白白老掉的

170... 舍弃生命之鳞

172... 餐厅里的人生姿态

第四辑　会行走的康乃馨

176... 会行走的康乃馨

178... 红鼻子

180... 我的名字叫语文老师

183... 爱看言情小说的女生

185... 班长吃到了一个纽扣

187... 浣花笺上月下柳

189... 你只需努力，其他的交给时光

191... 我和故事的故事

193... 沉甸甸的礼物

195... 玻璃老师

198... 再向前走一步

200... 我的尾巴去哪了

202... 别踩疼爱的梦想

204... 登上黄鹤楼

206... 你好，绍兴

209... 方岩之旅

212... 悠悠屏岩洞府行

第一辑

忍 冬

它们和柔风呢喃,和阳光亲昵,
若有若无的香味弥漫在空气中,似乎在为这份纯真的爱喝彩。

忍冬

一

最初见到忍冬,是在中药方子里。

老中医的蝇头小楷,清秀如女子的眉眼。忍冬这两个字,更是美得盈盈可掬。我忍不住在老中医用那个方方的小黄纸包药的时候问:"哪个是忍冬?"

多么素雅干净的小花。长长的、小小的,柔柔的。它蜷缩着身子,正甜甜地睡着。从此,这美美的花儿,一直睡在我的记忆里。

几年后,我在同事家的院子里见到了一墙的葳蕤。茂盛的枝叶,或白或黄的小花儿,浅浅地笑着。满院子的香气似乎凝结成了一团淡青色的雾,神秘了庭院,也芬芳了心情。微风吹拂,它摇落一地斑驳的碎影,也摇圆了我的眼眸。

"这是什么花?""金银花。你看它,白的像银,黄的像金,形象吧。也有人说,它可入药,疗效若金若银。在中医里,它叫忍冬。"什么,它就是忍冬?记忆突然间苏醒了。我仿佛看见老中医正凝神聚气,浸透了草药味儿的小纸上,是一双双墨色的眉眼。如今,这眉眼就那么鲜亮地舒展着,似乎在和我述说久别后的欢喜。

次年初春,我种下了同事送我的两株忍冬。一株种在院外的围墙边,一株种在院内台阶边的小旮旯里。起初,它们活得好是艰难。叶子渐渐委顿,一枚枚掉落下去。眼看着没希望了，又慢慢长出了新的叶子。

第二年，两株忍冬仿佛喝了生长剂，鼓着劲儿地长。墙壁很快爬出了一个粗犷的"丫"字，笠帽一样的灯罩也被严严地围了一圈，宛如一块厚实的围巾。台阶边的白色栏杆也披上了飘逸的外衣，有的地方厚，有的地方薄，有的地方挂着小丝带，那自在而个性的造型，估计再高明的设计师也自愧不如。

四月的风一召唤，院外的忍冬就呼啦啦地开了。每一个蒂上，都会同时长出两朵花，俏皮的花蕊好奇地探在外边，仿佛双胞胎姐妹急吼吼地带上花笺去和春天约会。一开始，花儿穿着洁白的纱裙，在一日日地盼望中，它们又换上了鹅黄色的衣裳。它们和柔风呢喃，和阳光亲昵，若有若无的香味弥漫在空气中，似乎在为这份纯真的爱喝彩。只是院内的忍冬一直没有开花。

无论我怎么一次次地看望它，它都只顾着长茎叶，就是没有开花的打算。起先，我百思不得其解。后来，我发现这个小角落从来没有阳光的爱抚。于是，我看它的目光多了些疼惜。它没有抱怨，只是很努力地生长。也许明年，它的茎叶攀爬到了阳光充足的地方，它就能献上一栏杆的白亮亮和黄灿灿。

夏天，我摘下忍冬花，铺在阳台上晾晒，几个日头后，花儿蜷缩起苗条的身体，做起香甜的梦来。梦中，忍冬到底是花朵，是香茗，还是中药呢？

此时，在纯纯的草木香里，我仿佛又看见了老中医的蝇头小楷，看见忍冬在陶罐里翻卷。袅袅的轻烟里，是忍冬绵长而隽永的情怀。

紫玄月

一

友人在朋友圈发出一张图片，一位长裙飘飘的女子轻移莲步，涉水而来。紫蝴蝶般的裙裾，广玉兰般的水花，美得恍如梦境。多么像你，亲爱的紫玄月。我们的初次相遇，却没有这么美。

第一次见你，我的目光只在你身上停留了一秒。你耷拉着小脑袋，蜷缩着身子，像个电影里旧社会的童养媳。吸引我这一秒的，只是那个别致的花盆。当我再次见到你，已经是三个月后了。我只觉得陌生又熟悉，仿佛见过，又感觉从来不曾相遇。

可是，那个花盆泄露了秘密。你还是你，你又不是你了。如今落在我眼眸里的你，翘着一根根绿色的小手指，尖尖的指尖俏皮地望向天空，仿佛青葱少女，在酝酿一首情诗。短短的时间里，你蹿个了，长精神了。原先干瘪的身子变得鼓胀胀的，青春的气息想藏也藏不住。从此，我的眼里有了你。

有时，走在路上，看见那些小花小草，我就会想，你怎么样了？又蹿个了吗？更饱满了吗？可是，我再怎么大胆地想象，都不可能想到你现在的模样。你，简直是疯狂了。对，疯狂。

你被主人搁上了花架，站在窗台上。你变得很长很长，一条条地垂挂着，一看就美爆了。你的颜色，完全乱了节奏。原先的绿色，摇身一变成了紫色。

圆润的小叶片成了稳重的紫绿色，苗条的茎成了亮丽的紫红色。嫩黄色的小花仰着小脑袋。阳光亲吻着你，你热烈地回应着它。

"叫我小紫。""叫我小月。"我听见你在撒娇。我，沦陷了。我没脸没皮地讨要，非要把你迎回家。朋友有些为难，现在不是分盆的时候啊。我不管，拿起小刀具，就挖了一点。看，你疯狂，我霸道。咱们是一路的。

一回家，我就开始恶补。既然喜欢你，就要把你喜欢的给你。你不怕热，热了就主动休眠，此时要控水；你怕冷，冬天要搬到屋内。我念着呵护你的真经，信心满满。我挑了一个小花盆，把泥土和面一样拌湿，把你沿着花盆一圈的泥土，按下去。你有很多根，茎的结处也有小根。

第二天，你就变蔫了。家人建议浇水，我阻止了。后来的几天，你都蔫蔫的。曾经或开放或含苞的花儿，也全偃旗息鼓了。每一个来我家的人都说，这什么花呀，估计养不活了。我有些不相信。就像一个人，离开了熟悉的环境，哪能一下子就精神抖擞呢？我又有些相信。毕竟我在你拼尽全力绽放的时候，动了你的根基。

好在我挺过来了，你也挺过来了。谢谢你，亲爱的紫玄月。

栀子

一

和朋友去菜市场逛，见到某一菜摊上有牛奶一样洁白的花儿，朋友买了几两，说可以做个蒜末栀子花，平肝明目，味道独特。这就是栀子花？怎么花瓣有那么多层，怎么还可以吃呀？

在我的记忆里，栀子花是很不起眼的花儿，漫山遍野都是，这里一丛，那里一簇，像乡间随地可见的芨芨草。虽然它有香味，但单薄的花瓣并不好看，以至于从没入过我的眼。

让我想起它的，是母亲。每到十月，母亲就会叮嘱我们去采山栀果。母亲将黄黄的果实晒干，装进一个布袋子。问起缘由，母亲说，小时候，你们都受过它的恩惠，我这叫有备无患。

母亲只要听说村里谁家的孩子夜哭不止，就会取出山栀果送过去。母亲教年轻的媳妇去掉栀子果的外皮，把里面的籽弄散，加入两勺面粉，再加适量的水调和均匀，敷在宝宝的脚底心，用纱布包好。

倏忽之间，我也有了孩子。儿子也曾因为夜哭，脚底包过母亲的栀子果。过了一晚，儿子的脚底就出现了青青的一块，仿佛被上帝重重地吻过。也真奇怪，出青后，儿子的睡眠就安稳了。如此想来，我对栀子是有些薄情了。我只记得用它，却没有去爱它，哪怕是认真地闻一闻它的花香。

原来，栀子花真的很香。那天，同事送了我几枝栀子花，我把它养在办公室的小瓶里，谁进门都会说上一句，好香啊。但栀子花毕竟离开了枝头，它香了两天，花瓣就委顿了，虽然香气依然在。后来，花瓣全部发黄了，枝叶依然绿着。我干脆剪去了花朵，继续养着枝条。几个月后，那枝条的底部竟然长出了细细的根须。

我把栀子带回家，种在一个小花盆里。不知过了几年，我突然闻到了花香。这香气非常霸道，不由分说地就从我的头顶倾泻而下，在我的身体里四处游走。"我是香香的栀子啊。"它冲每一个路过的人喊。

这香气跑到汪曾祺那儿，留下了这样的评价："栀子花粗粗大大，又香得掸都掸不开，于是为文雅人士不取，以为品格不高。栀子花说：'去你妈的，我就是要这样香，香得痛痛快快，你们管得着吗！'"

好一个痛痛快快！其实，做一朵花和做一个人一样：香了，有人说你；无香，依然有人说你。那么，何不痛痛快快做自己呢。我是栀子，我就要这样香，香得泼辣，香得淋漓，我要用香气凿出一条河，流进每一个与我相遇的人心里。

次年，我的栀子更加茂盛。我兴致有些高，就在群里发了一句：花盆里的栀子花含苞欲放。有人回复道：你犯了一个常识错误，花盆里的栀子是开不了花的。

这倒让我觉得自己在痴人说梦了。其实，更痴的是栀子。它旁逸斜出的枝条像一把撑开的伞，已经完全把花盆遮盖了。凑近细看，你会发现花盆外全是它的根须，它们密密麻麻抱团生长，一直延伸出几十厘米长，在阳台小角落腐烂的竹叶和薄薄的泥土中扎稳根基。

我微微地笑了。很多东西无须解释，无须申辩。就像栀子，长得努力，香得坦白。这，就够了。

迎得春来非自足

一

有一种人，见过一面就再也忘不掉；有一种花，打个照面就扎根心底。迎春花，就是这样的花。

初次见到它是在某个大雪后的冬天。雪已基本消融，大地看起来不干不净。在一片灰暗得让人昏睡的色彩里，突然出现了几点亮黄，像几颗星星在夜空中眨着调皮的眼睛。它们恣意伸开六个小花瓣，在微风中轻轻摇摆。一朵花儿盛开，会开出一个季节；一种心情盛开，会把耳朵叫醒。雪后的迎春花奏响了生命的旋律，那灿烂的笑容，高歌的欢愉，让见到它的人打开了一冬蛰伏的明媚和风情。

年少时的我，一度痴迷嫩黄的色彩。我曾经有嫩黄色的背心、外套、鞋子，以及铅笔盒、头饰等。如今，这几朵小小的迎春花仿佛亮丽的青春重现。我一下子就爱上了它。

一段时间后，我又一次来到这个公园，老远就看见了一片灿烂的金黄色。迎春花垂着修长的身姿，把每一个枝条都抹出了明亮的色彩。薄薄的阳光落在它们的额头上，印下一个个芬芳的吻。那些没盛开的小苞俨然婴儿的小拳头，一个个呆萌在枝条上。"绊惹春风别有情，世间谁敢斗轻盈"，那份可爱直让人心底柔软。迎春花们开得如此投入，如此痴情，连淡淡的香气，也似乎有了水的形状。有几朵花落在一边的池塘上，水波温柔地抚摸着它们，说不出的温婉和诗情。

迎春，迎春，好美的花呀。如果有一天我有了房子，一定要养一大片迎春花。我在心里暗想。后来，当乡下开始造房子，我马上想到了记忆里那亮黄色的眼睛。虽然，时光的马蹄已经嗒嗒跑过了十余年。可是，它一直住在我的身子里，没有一刻跑开。

于是，楼顶的边缘全部填上了泥土。初冬，我拿把大剪刀剪了很多迎春花的枝条，再一截截剪开，一一插进土壤。虽然知道迎春花容易种植，我还是对它能否长出一片我向往的金黄，心有疑虑。迎春花仿佛看出了我的心思，用自己的努力，打消了我的顾虑，也为我圆了一个心底的梦。

每当春天的帘子掀开一点点缝隙，阳台上的迎春花就开始它们的开花工程。一开始是零星的几朵，慢慢的，是一串串的金黄，遥看如黄色的瀑布，无声地弹奏着春天的序曲。啊，迎春花，你是春天的使者，也是希望的使者。迎春花的花语是希望，相爱到永远。迎春花的背后，站着一个凄美的传说。

相传远古时代，大地上洪水泛滥，有位叫禹的小伙子忧天下所忧，积极治水。一位美丽的姑娘帮治水大军烧水做饭。慢慢的，爱情的种子在两人的心底萌芽。后来，禹奔赴他乡治水，姑娘送了一程又一程。禹立下誓言：等治水成功，我们就日夜相伴，永不分离。姑娘深情颔首：那好，我就站在这里等你。禹依依不舍地解下束腰的荆藤送给姑娘，带领治水大军走上了开挖河道的征途。

日复一日，年复一年，姑娘一直在等着禹的归来。禹送她的荆条在地上生了根，姑娘自己也变成了石头，她的手和荆藤长在了一起。当禹完成治水任务回家，见到眼前的一幕悲痛欲绝。禹的泪水滴在石像上，洒在荆藤上，荆藤便开出了一串串金黄色的花，仿佛姑娘痴情的眼睛。禹作帝王后，便把这荆藤命名为"迎春花"。

也许，这个世界没有一种爱情比生离死别更让人震撼；没有一种旋律比春天更拨动人心；没有一种花儿比迎春花更能预言生长和灿烂。"覆阑纤弱绿条长，带雪冲寒折嫩黄。迎得春来非自足，百花千卉共芬芳。"愿你我都像迎春花，迎接生命中的美好和温暖。

银柳花

一

朋友送了我一束银柳花。瘦挺的枝干上，站着一个个白色的花苞，像雏鸡毛茸茸的小脑袋，好奇地打量着这个世界。有的还只是未开用的毛笔尖那样的小苞苞，穿着酒红色的外衣，低调地躲在白色的花苞丛中。它们挤挤挨挨地聚在一起，平添了一份热闹的况味。

我把它们插进水晶花瓶里，用清水养着。它们似乎很受用，每一天都在用力地长。没多久，花苞就长得肥嘟嘟的，毛茸茸的，像极了狗尾巴草。层层绽放的黄白色花蕊，仿佛小豆芽们欢聚一堂，交流着快乐的点滴。

只是热烈的盛放，也加速了它们的凋谢。没有几星期，所有的银柳花都不见了，只剩下青绿色的枝条。当繁华落尽，只剩无尽的寂寥。当初花苞绽放的位置还在，花苞是否还会在清水的滋养下，再次回归，唱响又一次的繁华？

我继续用清水养着它们，就像养着一个倔强的梦想。很多天以后，银柳的枝条真的有了动静。只是长出的不是花苞，而是根须，短短的，白白的，俨然梦想吹起的号角。

我选了一个雨水多的日子，挑了两枝根须强壮的银柳，插到了乡下菜地的一角。边上，一条小溪正哗哗地唱着乡野的歌谣。

两年后，小溪边的银柳变得粗壮起来，一个个或饱胀或含蓄的花苞打扮着干瘦的枝条，无声无息地吐露着浅浅淡淡的芳华。这场景让我无端地想起银柳初次来我家的情形。时光仿佛摁了倒退键。

我剪下银柳，送给了朋友。当初，她买银柳送我；如今，我种银柳送她。小小银柳，像感情的传输带，芬芳了友情的花朵。

朋友告诉我，如果不用水养，银柳可以放整整一年。如果喜欢彩色的银柳，还可以给它们染色。

我的记忆里，从来没有一种花，随和到如此地步。要有多少年的修炼，才能达到这样的境界呢？于是，每每看银柳，心中就会生出柔柔的情愫。

一日，我突发奇想，给养银柳的水中倒入了红墨水。银柳花居然慢慢地变成了淡淡的红，连枝干也成了黑红色。比起染成紫红、天蓝、鹅黄的颜色，银柳自己吸收的红色显得更加自然可爱。

银柳又叫桂香柳、香柳、棉花柳，它的花语是团聚、自由、无拘无束。它可以当干花，可以单独水插，还可以和富贵竹、康乃馨等同台演出。兰心蕙质的插花人，总喜欢把银柳当配角，插出一份错落参差的美丽。

从冬到春，银柳花以其轻盈美丽的身姿装点着世界，为这个世界送上洁白和缤纷，送上希冀和祝福，更送上一颗随和而真诚的心。

野茉莉

一

我觉得它长得不像茉莉。可是，它的好几个名字都和茉莉有关，野茉莉、紫茉莉、草茉莉，莫非是因为它和茉莉一样，带着独特的芬芳？

家门口，每年都会长出很多野茉莉。一年种植，年年茂盛，以至于我每年都要去拔遍地生长的它们。奇怪的是，贴着墙根的野茉莉每年都会长得特别粗壮。那秆简直像小甘蔗，绿中泛紫，一节一节，贴着墙壁往上挥舞着手臂。那地方，雨水根本关照不了，不知道它为何能长得这么抖擞。也许，它也知道太占地容易被我摧毁，从而选择了最低调的角落；也许，它也像那些逆风飞翔的人，善于在困境中崛起。

每到六七月，野茉莉就开花了。它的花冠呈漏斗状，花瓣成五片，花边有波状浅裂，片片相连，中间立起六根花丝，三高三矮。单看一朵，就像个长脖子的姑娘顶着美丽的帽子。

一开始，野茉莉带着试探性的目光，小心地张望，一朵，两朵，三朵，谦卑地跟行人打着招呼。慢慢的，它们的胆子大了起来，一大片一大片艳丽的玫红呼啸而来，好像一群十七八岁的小姑娘穿着妈妈刚买的裙子在翩翩起舞。姑娘们一边舞动裙袂，一边发出咯咯的笑声。那笑声宛如一个魔球，带着香气，在空气里奔跑、旋转，霸道地控制了我们的鼻孔和眼睛，还有心情。

此时，我总喜欢静静地看着它们，看着这群狂野的姑娘们。在我的认知里，有香味的花往往是素色的，有内涵的女人往往是低调的。野茉莉自然在我的认知之外了。它芬芳，又艳丽，不按常规出牌，浑身散发着野性和野趣，倒真的契合了名字中的"野"字。

吴其濬先生在《植物名实图考》中记载：野茉莉，处处有之，极易繁衍。高二三尺，枝叶披纷，肥者可荫五六尺。花如茉莉而长大，其色多种易变。子如豆，深黑有细纹，中有瓤，白色，可作粉，故又名粉豆花。曝干作蔬，与马兰头相类。根大者如拳、黑硬，俚医以治吐血。

由此，野茉莉的"野"又带上了一份侠气和凛然之气。它对别人要求很低，却愿意把自己从头到脚奉献出去。

其实，野茉莉也叫晚饭花，喜欢在我们吃晚饭的时候开放。中午，当别的花都热情洋溢的时候，野茉莉皱着小脸，一副慵懒缱绻的样子。可是，太阳一害羞，它们就齐刷刷地笑了，好像军人听到命令一般。它们不附和，不盲从，在别的花或不屑或不能盛开的时间里，做着自己的王。

汪曾祺先生曾这样描写："它们使劲地往外开，发疯一样，喊叫着，把自己开在傍晚的空气里。浓绿的，多得不得了的绿叶子；殷红的，胭脂一样的，多得不得了的红花；非常热闹"。汪曾祺还以晚饭花自喻，给自己的一本书起名为《晚饭花集》。

不过，我还是喜欢叫它野茉莉。

鸭脚子

一

去湖溪桥南的时候,我最喜欢往南走。那里有两排很美的风景,在路的两边向前面的村庄夏阳山延伸。每当冬日来临,这里就成了电影里的画面。阳光像一把橙黄色的扇子,斜斜地展开,在鹅黄色的叶脉上跳跃,留下脉脉的深情和点点的晶莹。放眼望去,一树又一树的鹅黄和一地又一地的鹅黄,美得令人窒息。

我捡起一枚鹅黄,轻轻放在手心。小时候,我把它夹进书页,当书签。母亲说,这是银杏叶,柔柔韧韧,适合保存。只是,我喜欢叫它鸭脚子。也许,因为我有一颗吃货的心吧。

其实,前人早有此命名。元代王祯的《农书》中有"鸭脚取其叶之似"的记录。明代文震亨在《长物志》一书中载:"银杏叶如鸭脚,故名鸭脚子。"鸭脚子听起来不够诗意,不够深情。可是,它真的很像鸭脚啊。如果你把它放进水里,更有一种可爱的况味。

走在铺满鸭脚子的路上,居然没有苍凉的感觉。落叶飘零,总给人离别的感伤。独独鸭脚子,即使铺在地上,依然有一种静好安然的意境。无论是傲立枝头,还是亲吻土地,它都是柔韧的,温婉的。美丽的姑娘将它捧在手心,一遍遍地撒向空中,让画面定格在手机里;支着画架的青年,正凝神挥笔,描下它始终靓丽的容颜；顶着锅盖头的儿童将一枚枚鸭脚子卷成了花朵，一脸灿烂地献给妈妈……

我凝视着依然微笑在枝头的鸭脚子，想起某年的国庆节，我们来到这条路上，跳起来勾下树枝的情景。那时，树上已挂满了白果，我忍不住摘了一颗。剥开它，像牛皮糖一样软软的。想象着它的美味，我打算过几天买一点尝尝。没想到几天后，朋友送了我一大盒白果。当即就炒了一些，吃得欲罢不能。朋友说，白果好吃，不能贪嘴，一天吃个五六颗就差不多了。于是就搁下了。渐渐的，就遗忘了那一大盒的白果。等想起来的时候，它们已经发霉了。

想来白果遇上我，也只能轻轻地叹息了。后来，我在乡下的小院种了一棵鸭脚子。几年过去，它只长叶，掉叶，从来没有奉献出一颗白果。莫非，它也知道我的曾经，在抗议我的暴殄天物吗？

诗人们总喜欢借花花草草传递爱情的美好，美丽的银杏亦是温馨的载体。相传德国大诗人歌德与玛丽安娜相见前，选了一片小小的银杏叶子。这枚叶子形状像扇子，上面有一个小缺口，使歌德联想到情感的二合一，觉得用它来表达爱意最为妥帖。于是，歌德写下了诗篇《二裂叶银杏》：

从东方移到我园中的/这棵树木的叶子/含有一种神秘的意义/使识者感到欣喜/它是一个生命的本体/在自己内部分离/还是两者相互间选择/被人看成为一体

诗人将银杏叶贴在他的诗篇上，送给了心上人。因了这首爱情诗，银杏在德国有了"歌德树"的美名。是银杏给诗人助兴，还是诗人让银杏扬名？

其实，鸭脚子还是那个鸭脚子。它们不以物喜，不以己悲，在时光的游走中，旖旎出自己的诗篇。

小蔓

一

从没见过这模样的草儿。它们在路边一丛丛嫩绿色的猪殃殃中探出小脑袋，椭圆形的绿色叶片，镶着一圈白黄色的边。一对一对的叶子在微风中摇曳，像相依相伴的恋人，更像上帝不小心遗落的小精灵。

突然想拥有它。我蹲下身子，手抓住它纤细的秆轻轻一提，它就到了我的手中。看着掌心弱小的它，我有些后悔自己的鲁莽。这没带土的根能养活吗？抱着一丝希望，我把它栽在家门口。

也不知过了多久，在某天下班匆匆开门前，眼角闪过一抹浅紫色。门口的花坛很小，从来不曾有这样可爱的色彩。我不由得回头。啊，是它，居然开花了！

原先的小精灵繁衍出三四株枝条，一朵美丽的花儿在镶边的叶子丛里眨巴着可爱的眼睛。好喜欢这样的花啊。鲜亮的色彩，像紫色的温柔火焰点燃了我沉寂已久的激情。

可是，我居然不知道它的名字。马上求助朋友圈。万能的圈圈很快就给了我答案，我再百度求证，确定了它的名字——金边小蔓长春花。它果然是长春的花，一开就是很多天，似乎不懂什么叫疲倦。

每每有人经过，都会问一句："这是什么花呀？好看。"我说了名字，却没人能记住。干脆，就叫它小蔓吧。花谢以后，小蔓的枝条长得更快了，有的挂在路边被踩坏了。我决定移到花盆里。我选了一个喜欢的花盆，从田野里找来泥土，把小蔓搬了家，移到了二楼的阳台。

我的折腾也许让它生气了，它的叶子变得委顿起来，有一株枝条甚至变枯黄了。我无计可施，只能给它浇浇水。几周后，它突然长出了新的枝条。米粒大小的叶芽在枝叶处冒出来，星星点点，双双对对，好是热闹。

我拿出榨油菜籽后的渣给它施肥，听说这是花草的好肥料。我用木棒在离根两指的距离处戳了一个深一点的洞，把肥料送进去，埋上。那段时间天天下雨。我想象着这些特别的肥料被小蔓一点点地吸收，心里就美美的。雨中的小蔓，特别精神，它的叶子仿佛抹上了一层油彩，原本似白似黄的花边更倾向于黄色了。

以后的日子，小蔓像青春期的孩子，铆足了劲儿地长个子。它的枝条不再往上高歌，而是温柔地垂挂下来，一点点地向楼下的空间延伸。仅仅三个月，它们就长了两三米，像一道风情万种的帘子，从二楼一直垂到了一楼的地面。怕踩坏了它们，我又把它们往小水池里引。从此，只要有人来我家，就会被小蔓吸引。

我伸直手指来比量，小蔓的一个枝节足足有我的小指尖到大拇指尖的距离，比有的甘蔗节还要长。每个枝叶处都长出两片叶子，你看我我看你，相看两不厌。寒风也没有击退它们勃发的热情。

上个周末，我突然想去小蔓的老家看看。在那个满是猪殃殃的山路边，小蔓们是否铺开了一地的浪漫？没想到，它们居然没有繁衍，只是枝条长了一些，单调的样子显得落寞而孤独。仿佛被什么击中，我惊讶得说不出话来。

蓦地，耳边似乎飘来克洛德·阿德里安·爱尔维修的声音：我们在人与人之间所见到的精神上的差异，是由于他们所处的不同环境，由于他们所受的不同教育所致。

幸福就像吃香椿

一

朋友送了我两棵香椿。满心欢喜地种下。往事也像香椿一样,舒展着根须。

小时候,每到春天,餐桌上就会偶尔出现一道美味,浅浅地卧在盘底。母亲叫父亲多吃点,父亲叫我们多吃点。其实,还没一人一筷子,盘子就见底了。彼时,嘴巴里留着一股独特的味道,像一只刁蛮的小兽,吸引着我们去想它,爱它。

很久以后,我才知道那美食叫香椿。而香椿树,居然是父亲树。李时珍在《本草纲目》中说:"椿樗易长而多寿考,故有椿考之称。"《庄子·逍遥游》言:"上古有大椿者,以八千岁为春,八千岁为秋。"香椿树高大、长寿,人们便把椿树称作父亲树,椿萱并茂就是祝福父母都健康。晏殊曾写过《椿》的诗:峨峨楚南树,杳杳含风韵。何用八千秋,腾凌诧朝菌。康有为也毫不掩饰他的欢喜:山珍梗肥身无花,叶娇枝嫩多杈芽。长春不老汉王愿,食之竟月香齿颊。

可我虽是农民的女儿,却很长时间不认识香椿。我常常想,矮小的父亲如何爬上高大的香椿,去采摘它树尖上的嫩芽呢?是香椿树一年年地被采摘,长不高了,还是父亲被爱鼓舞有了超能力的发挥?

前些年，父亲得了帕金森，再没有采过香椿。我去菜市场打听着名字买了几缕，芽叶已舒，颜色淡绿。一看那长相，我就知道，香椿采晚了。

果然，我没有吃到记忆里的味道。虽然我已经在心里把炒香椿的步骤温习了好多遍。洗净后用开水焯一遍，迅速拿盖子蒙住。两三分钟后，把它切得细细的，和鸡蛋搅拌在一起，油热后翻炒几个回合就成了。好在，我有了自己种的香椿。

春风一吹，香椿冒出了一点点嫩芽。我把鸡蛋敲出一个小洞，把里面洗净后，一个个套在香椿的嫩芽上。这图片，那叫一个美。有人问，这是什么果子？有人说，那是桂圆吗？我回复道：这是香椿生鸡蛋。玩心重啊，有童心啊。好可爱啊。一句句留言看得我忍不住笑了又笑。

其实，我并不是瞎玩。套在鸡蛋里的香椿芽长得特别蓬勃青春，它们慢慢地蜷曲成一个个小球，泛着翡翠一样的光泽，鲜嫩得能掐出水。香椿芽贵在嫩，买的往往太老，去野外采又粥少僧多，可遇而不可求。用鸡蛋壳套香椿芽，弥补了此番遗憾。

这个春天，隔几天就会来一场雨。雨中的香椿，像绿色的风车，旋转出一地的香气，氤染你我的目光，唤起幸福的感觉。其实，幸福就像吃香椿，每次只有那么一点点，却足够你回味，并期待它再一次冒出新芽。

五行草

一

傍晚时分，我又一次趿拉着拖鞋，来回观看邻居们的小花坛。花草们在夏日烈阳的烘烤下，大多奄奄一息。奇怪的是几乎每家的花坛里都有一种草，长得相当霸气，瓜子状的叶片肥厚丰腴，带着绿宝石般的光泽，紫红色的茎一团团地匍匐着，茎上长茎，四散分枝，一株就繁衍出一个大家族。它，就是五行草。

五行草身上带着五种色彩。青色的叶子，红色的茎梗，黄色的小花，白色的根须，黑色的种子。这样的描述像不像一幅色彩绚丽的油画？五行草很适合入画。我拍过好多五行草的照片。每一张都有绚烂的美。但我喜欢把它们一点点拉大，看它神奇的茎和叶，想破解它不惧毒日的密码。

小时候，老爸会将它们锄了喂猪。即使烈日当空，它们的根须被锄头斩断良久，它们的叶和茎依然水灵滋润。老爸告诉我，五行草是受太阳保护的。传说很早很早以前，天上有十个太阳。万物生灵深受其苦。后羿决心射掉它们，最后一个太阳情急之下，躲到了五行草肥嘟嘟的叶片后面。为感谢救命之恩，五行草可以在太阳下恣意生长。

智慧总是藏在老百姓的脑袋里。无论什么现象，他们都能找到传说来解释。如此，再平凡的事物，也笼上了神秘的光环。五行草有很多别名：因了它独特的生命力，也叫长命菜；因为叶子像瓜子，像马的牙齿，也叫瓜子菜、马齿苋；因为它匍匐的姿态像一团麻绳，也叫麻绳菜。除此，它还叫马芹菜、地马菜、妈妈菜、蚂蚱菜等。

众多的名字里，以菜命名的不少。可见，五行草的原始使命，是供食用的。梁代名医陶弘景在《本草经集注》中说："俗呼马齿苋，亦可食，小酸。"《唐语林》中记载："德宗初即位……召朝士食马齿羹，不设盐酪。"杜甫在其《园官送菜》写道："苦苣刺如针，马齿叶亦繁。青青嘉蔬色，埋没在中园。"而在吴承恩的《西游记》里，樵子把浮蔷马齿苋奉献给八戒享用。

前几日去湖溪的黄藤岩农庄，我吃到了新鲜的五行草，当地人叫它紫荒。转了一圈，一盘五行草已然见底。其实，我更喜欢将五行草腌晒成干菜，炒肉片吃。

腌一样东西前，往往要将其晒软晒瘦。五行草不怕太阳，怎么办？晒月亮，腌制五行草必须晒两三个月亮。

这里依然有个传说。说的是有个孩子叫锣英，生下来就是当皇帝的命。可惜灶神向天帝搬弄是非，锣英身上的骨头被换成了丐骨。锣英成了乞丐，却开金口。他称赞五行草："你的命真贱，太阳晒不死，除非月亮。"

如果你嫌腌晒麻烦，可以选择五行草最简单的吃法，掐其嫩头，洗净后，过开水，放入盐和其他调料，即可享受酸酸脆脆的味道了。

童年的野草莓

一

小时候,我吃得最多的野果是初夏的野草莓。

每到五月,田野就长出了一只神奇的手,像外祖母一样亲切地召唤着我。淡绿色的野草莓植株一棵挨着一棵,一丛接着一丛,结结实实地把大地拥抱。粗粝的叶片衬托着红艳艳的野草莓,让我不知先摘哪颗合适。野草莓红里透橙,似美人回眸,欲说还羞。

我选一颗大的野草莓放在手心,它的里层是空的,外层是一颗颗圆滚滚的小颗粒。它们均匀地排列着,鲜红得仿佛要流出汁水来。我把它套在小拇指尖上,对着光线看,能看到小颗粒上的茸毛。看不了多久,野草莓就不见了。此时此刻,又有谁能抵挡野草莓的诱惑呢?

熟透的野草莓上有时会有蚂蚁。我边摘边吃,也顾不上看有没有吃下小生灵。野草莓似乎听见了孩子内心的渴求,它以一颗慈悲的心实施着分批成熟的计划。你看,有的呈鲜红色,轻轻一碰,就离开了枝头;有的呈粉红色,过不了一两天也将甜蜜柔软;有的还是青色的小个子,只等着孩子再一次的光顾。更有甚者,才顶着白色的小花。雪白的花瓣,嫩黄的花蕊,似绿绸上滚动的珠子,流转出田野的风情。

母亲干完农活回家,总会捧出一个荷叶包。玻璃珠一样大的野草莓饱满滋润，直让人口水哗啦啦地流。一鼓作气地把野草莓扫荡一空，觉得还不过瘾，我居然扛着小锄头去挖了一株种在家门口。

后来，我知道了野草莓的学名叫蓬藁。还有一种和它酷似的植株，叫蛇莓，贴地生长，开黄色的小花，没有可爱的小颗粒，更没有光泽。母亲说，那是蛇吃的，有毒。既然有毒，蛇怎么不被毒死？虽如此质疑，去尝试吃自然是不敢的。

自从读了鲁迅先生的《从百草园到三味书屋》，我又认识了另一种野草莓——覆盆子，我们叫它树莓、噶果。要摘覆盆子往往要去山坡。它们长在树上，个子比蓬藁小得多。覆盆子是实心的，有蒂，吃起来甜中带酸，对视觉和味觉的攻势都没有蓬藁那么强。

我的野草莓，莫非你只属于童年的记忆？

神草商陆

一

在我眼里，它的一生经历了三部曲：花、果、根，在时光的流转中，它从清秀的小姑娘成了妖娆的熟女人，最后变成与火共舞的烈女子。那花，如穗成串，俨然一座玲珑的宝塔。慢慢的，宝塔绽开，呈现出一个个独立的小拳头，错落着，挥舞着。那是怎样的美呢？它让你看见处子的纯和真，看见花苞上流淌的奶香，看见清晨一串露珠的歌声。

等到小拳头舒展开来，里面会出现绿色的小果子，形状像极了浓缩版南瓜。而围绕着它的是五片素雅的花瓣。一旦花瓣掉落，花序就完全成了果序。果子由小变大，颜色由绿变红，最后转为紫色，连果子赖以站立的主干也变成了紫红色。

它眨巴着饱满水润的眼睛，和阳光嬉戏，和微风耳语，述说着自己成熟的秘密。

是的，它的身体藏着很多秘密。轻轻地捏一下它圆润的脸蛋，一汪晶亮的汁水，就会迅速染红你的手指。此时，在小伙伴额头点一粒美人痣，把两腮轻点出羞色，把指甲抹成一片片紫红色，世界在短短几分钟里，就有了快乐的色彩。爱画画的小姑娘，干脆折了一串果子，在纸上涂抹出一个独特的春天。那是成熟后的它，在邀世人同乐。

长相很女人味的它，有个男人气的名字——商陆。传说太阳女神羲和，救了玄鸟。次年，玄鸟送来一粒种子，它就叫商陆。从此，羲和用商陆果做胭脂，扮靓容颜。

梭罗在《瓦尔登湖》中有这样的描述："商陆果酸酸的汁可以当墨水用，买的墨水无论蓝的红的都没它好用"。"看到了商陆种子，很有意思。黑亮亮的，每粒带着个小白点……鸟不用愁吃的了"。其实，商陆果有毒，但柳莺、黄眉、绣眼等易上火的食虫鸟特别爱吃。因为商陆性凉，凉热相抵，毒性成了药性。

商陆的根酷似人参，故民间称其为"土人参"。农人们常常会拔商陆根给牛吃。商陆根有剧毒，可牛吃了，就是长力气。大自然的神奇无处不在。道家认为商陆根有灵性，有驱邪的作用，故称其为"逐邪"。也有人称其为"夜呼"，因为商陆根有超强的利尿功效，让人不得不起夜多次。

不过，商陆根最大的功用是烧火逐邪。《唐书》上有载：裴晋公除夕守岁，感叹年事已高，迨晓不寐，多次添加商陆根，以旺炉火。宋代姜特立有诗云："商陆火添人独坐，沉檀香冷岁还徂"。清代吴敬梓在《丙辰除夕述怀》中，也有"商陆火添红，屠苏酒浮碧"的诗句。除夕之夜，古人用烧商陆根来逐邪驱阴，祈求吉祥。

彼时，人参状的商陆根，在红蛇般的火中舞蹈着，升腾着，宛如一位烈女子在书写新的传奇。

荠花如雪

一

"城中桃李愁风雨,春在溪头荠菜花。"宋朝诗人稼轩偶然在溪边发现了荠菜,也发现了荠菜和春天的某种瓜葛。其实,荠菜亲近的是两个季节。

冬天,白雪覆盖着青菜,也覆盖着躲在青菜边的荠菜。此时的田野,显得格外素净。在这样的背景下,荠菜低调登场。田埂上的,已然叶子发紫。田地上的,往往和未拔节的小麦、胖嘟嘟的青菜站在一起。它们碧绿娇小,羞答答地躲闪着,不仔细看,往往不被人发现。

每到春节,我就喜欢往田野跑。那些躲在小麦、青菜边上的荠菜似乎在召唤着我。

挑荠菜是有讲究的。右手用小镰刀轻轻地往根部用点力,几乎在同时,左手稍一使劲,荠菜的根就提出了泥土。有的荠菜,叶子边缘有锯齿状,有的只是单纯的弧形,它们和某种野草特别相似。如果无法判断是不是荠菜,可以凑上前闻一闻。真正的荠菜带着一股好闻的清香。

挑了荠菜后,先不要急着下水。用剪刀一棵棵地剪去根部和黄叶,去了杂草,再用清水洗涤。荠菜火锅、荠菜饺子、荠菜豆腐羹、凉拌荠菜、荠菜香干,荠菜仿佛是最具亲和力的领袖,谁和它站在一起都不会别扭。

荠菜的香,是不可言说的香。春节的荠菜,是餐桌上的宠臣。吃惯了大鱼大肉的胃，经过荠菜的抚摸，自然熨熨帖帖舒舒服服的了。

春风一吹，荠菜争先恐后地冒出来。荒地里、菜地里、田埂上，瞧去一大片一大片满是的，它们像拔节期的孩子，几天不见，就长出了青春的模样。没过多久，荠菜们就抽出细细的薹，长出小小的苞。渐渐地，那苞开成了米粒大小的白色花儿。放眼望去，这些白色的小花，像雪一样贴在荠菜的头顶，贴在大地的肌肤上。"荠花如雪满中庭，乍出芭蕉一寸青"，"食案何萧然，春荠花如雪"，"荠花如雪又烂漫，百草红紫哪知名"，"春荠忽已花，老笋欲成竹"，爱国诗人陆游写下了大量关于荠菜的诗歌，荠花更是他笔下的主角。

春天的荠菜，我喜欢看它开花结籽的样子。那么细细碎碎的小花，密密匝匝地聚集着，似乎在述说着青春的故事，唤醒芬芳的光阴。白色的小花慢慢变成心形的小籽粒，在变得细长的秆上摇曳着。民谚有云："三月三，荠菜赛灵丹。"结籽的老荠菜有解毒降压明目等功效。我喜欢等荠菜籽成熟后，把它们拔了，将籽拍到家中的泥地上、花盆里，再将洗净的荠菜和鸡蛋同煮。

来年的春天，不用走出家门，就能挑荠菜，赏荠花，与心中的世界共舞。想想这样的美事，手中的荠菜鸡蛋仿佛也成了美酒，闻着，就醉了。

南烛

一

第一次见到市场上的蓝莓，我就有一种久别重逢的感觉。一个个蓝盈盈的小可爱，圆滚滚的身子，紫嘟嘟的色泽，开口处一圈萌萌的小花边，像极了记忆里的一种果子。猛然惊觉，我居然是吃小蓝莓长大的。这种小蓝莓，就是南烛。它简直就是蓝莓的缩小版。无论是叶子还是果子，都惊人地相似。也许，蓝莓就是南烛培育而成。

我的老家，村庄北边就是一座山，因额前光秃秃的不长草木，俗称和尚山。每年秋天，成熟的南烛果子，像鸟儿一样一群群地歇在枝头。孩子们三五成群地上山，猎狗一样地搜寻美食。一旦发现一处，就会一拥而上，先摘下最大最甜的往嘴里塞，再折下枝条拿手里，继续寻找下一个目标。鸟儿一样密匝匝的南烛果子被惊扰被赏识，却没有飞离枝头，跟着孩子们继续行走在山里，穿梭在一丛丛的灌木间，直到孩子们拿着它们回家，这个一枝那个一枝地分享。彼时，时光静好，一颗颗南烛果子被孩子们砸吧砸吧地咀嚼。有的南烛果子还泛着青，带着酸，怕酸的孩子眯着眼吃下，不忘迅速摘下第二颗。性急的孩子干脆整个枝条往嘴里送，一口就歼灭好几颗。

我的父母亲有时要起大早去深山砍柴，回来时，常常带回来一枝条一枝条的南烛果子。可能是山高林密行人罕至，南烛果子总是更大更甜。

我的记忆里，似乎只有南烛果子不是一颗一颗采摘的。它们总是被一簇一簇地折下，咔嚓，咔嚓，带着乡野的粗犷气息。生硬而野蛮的摧折，并没有消减南烛生活的热情，来年秋天，它们又长出了茂盛的枝条，结出了一簇簇绿莹莹紫嘟嘟的果子。

古时，南烛有个文绉绉的名字——染菽。《本草纲目》载，南烛木，今名黑饭草，又名旱莲草。其实，我们更喜欢称南烛为乌饭。

春天，南烛抽出火红色的嫩叶，不仅点缀了山野，也为厨房提供了绝好的食材。将鲜嫩的南烛叶放在清水里，慢慢搓揉出黑绿色的汁水。然后将糯米泡在汁水里，放一个晚上。次日，雪白的糯米全成了黑色。当然，不是春天的嫩叶子也可以采摘。这样煮出的米饭，叫青清饭，也叫乌饭。也许，南烛被称为乌饭就是因为这一特质。老一辈人说，吃了乌饭，蚊虫不叮。因此，民间有立夏吃乌饭的习俗。

医书记载，经常吃乌饭能轻身明目，黑发驻颜，延年益寿。CCTV10套《走进科学》栏目，曾播出南京黄万金老人爱吃乌饭的故事，92岁的他依然一头乌发，精神矍铄。老人介绍说，南烛不仅抗衰老，叶子还有天然的防腐作用，用南烛叶做出的任何食物，都不易变质。南烛叶不仅能做出香喷喷的乌米饭，还可做出赛熊掌、黑鹅掌、黑蹄筋等黑菜，只是浸泡时间更长。相传，当年宋美龄最爱吃的一道菜就是赛熊掌，南烛叶在其中发挥了重要作用。

没想到，我和南烛叶也结了缘。有一次，我不小心被山上的石头划伤了脚踝，老爸找到南烛叶使劲咬碎，把它敷在我的伤口上。

从此，南烛在我心里的形象，越发可爱可敬了。

母亲花

一

喜欢它，是因为它的名字。母亲花，忘忧草，萱草，每一个名字都带着芬芳。轻轻地念着，觉得自己已然置身葳蕤的丛林深处，光阴静美，岁月安暖。

毫不犹豫地种下它，在家门口。起先，它小小的，像一丛丛倒写的"个"字。不出多久，枝叶变得繁茂起来，细长的叶子剑一般冲向天空。夏日的风一吹，它就含苞了。

起先，花苞像圆圆的小眼睛，不出两天，就蹿成了修长的媚眼，绿莹莹，水润润的。紧接着，眼睛睁开了，六枚长长的花蕊，睫毛一样微微颤动着，六片小舌一样的花瓣，仿佛天使在守护着花蕊。整个看来，它们俨然嫩黄色的百合花，更像母亲灿烂的笑容。"萱草升堂阶，游子行天涯，慈母依堂前，不见萱草花。"

据说，游子远行前，会在家门口种上萱草，以减轻母亲的思念之情。苏轼有诗云："萱草虽微花，孤秀能自拔。亭亭乱叶中，一一芳心插。"家门口的母亲花，高高地挺拔着，像灿烂的阳光，照亮了每一个寻常的日子。

母亲花是花也是菜，俗称金针花。在我看来，它是菜里最好看的花，又是花里最好吃的菜。母亲花营养价值高，更有丰富的胡萝卜素，对眼睛特别好。母亲心疼我老用电脑，眼睛干涩，就经常采了它做给我吃。

母亲摘下含苞的花儿，用右手的拇指轻轻一划，取出里面的六枚花蕊，再把花瓣放到开水里泡一下。这样一处理，花儿的毒性就没了。母亲一边在厨房里忙活，一边哼着"啊，牡丹，百花丛中最鲜艳……"。母亲的嗓音甜美得像个年轻的姑娘。

她一贯干活显得粗大的手指灵活地取取放放。要剥开那么多的花苞取蕊，很考验一个人的耐心。但母亲一点儿也不厌烦，她享受着这个烦琐的工作。母亲还准备了红辣椒、三层肉、黑木耳，准备让它们配合金针花同台演出。此时的母亲，脸庞像刚刚盛开的金针花，里面盛满了幸福的琼浆。母亲想象着她的女儿见到色香味和营养俱全的金针花，会怎样的赞不绝口，浑身就有了使不完的劲。此时，它更应该叫母亲花。花里满满的是母亲的爱。

母亲花需求很简单，只需种一年，年年都会如期生长、开花，像一个从不食言的老实人。寒冷的冬天，它全部变成了土黄色，慢慢地零落成泥碾作尘。其实，它的根一直在地下等待，等待着春风把它们唤醒。每年春天，我都会给它分株。母亲花的根呈微小的圆筒状，一株掰成几株，能繁衍出更多。它们努力地装点着这个世界，也温暖了很多人的心。这多么像天下的母亲，朴素，简单，只想付出，从不奢求。

就这样越来越爱它，不仅仅因为它的名字。

绿萝

一

最早留意到绿萝，是在朋友的办公室。简单的木架子上，有一盆生机勃勃的植物，泛着光泽的新绿似乎屏蔽了严冬。长长的藤蔓一溜儿下垂，一枚枚翠绿色的叶片调皮地张望着，宛如一挂猴子倒垂着探向井底，想捞起一轮明月。我很想问问，"你冷吗？累吗？"它眨巴着眼睛，似乎在说，"你说呢？"

我忍不住上前抚摸它。心形的叶子音符般错落着，节处颤动着黄白色的根须。静谧的空气里传来绿萝舒活筋骨的声响，那声音宛如远处传来的小提琴声，又仿佛深山里小溪流玲琮的声响。

朋友看出了我的爱恋，给我剪了一根长长的枝条。我不敢再停留，拿着它就往家赶。如此寒冷的天气，它被咔嚓剪下，离开母体，能长出新的生命吗？疑惑马上被消除了。一个多月后，绿萝长出了新的叶子。一枚枚闪光的叶子仿佛一张张笑脸，给我简朴的居室增添了温情。

孔子云："恬淡为上，胜而不美。"绿萝要求的很少，不需要太多的阳光，不需要肥沃的土壤，只要给它一点点水，它就会送给这个世界满眼的绿。一年四季，它都能团团簇簇、盈盈翠翠，难怪被称为"生命之花"。"横案依新翠，素心不染尘。薜萝不记岁，长做玉壶春。"它低调地生长，没有花谢花开，没有蜂围蝶舞，只是热情地展示自己朴素本真的绿色。

我以为，它会一直无条件地热情下去。谁知，寒假从乡下回家，它已经不行了。去乡下前，我把绿萝拿到阳台上晒太阳，后来忘记拿回房间。没想到十来天过去，它被生生冻死了。

原本饱满嫩绿的叶子已然枯萎，像杂乱的鸡窝，像残破的斗笠，它们低低地呜咽着，似乎在抱怨我的粗枝大叶。我该怎么弥补自己的过失呢？我懊恼地打电话给它的娘家人。

朋友告诉我，只要没有被完全冻死，就还有挽救的希望。我一看，它的根系还泛着一点绿，节处还有隐约的小芽点。我拿起剪刀，剪去那些完全枯萎的叶子和枝条，从根部往上数，留下一二个芽点。然后我用保鲜膜封住整个花盆，再用牙签在周围戳了一圈小孔。也许我这样做，只是为了自己良心的安稳，并没有奢望太多。

没想到，两周后，奇迹发生了，矮矮的老枝条上冒出了新的芽点，像黄绿色的小眼睛，像雏鸟的小嘴巴，好奇地打探着这个世界，述说着自己重生后的欣喜。几周后，它们就繁衍出秋千一样的藤蔓和一枚枚笑微微的叶子。失而复得的喜悦使我走到哪都哼着歌。绿萝的花语是"守望幸福"，当幸福再次来敲门，怎能不让人格外珍惜？

后来，我在振兴路某营业大厅，发现了一株超级大的绿萝。它养在一个大大的花盆里，上面支了一个粗犷的架子供它攀爬。我用六个手掌，才能遮住叶子的一面。一时间，我怀疑它不是绿萝。可是，除了巨大，它和我家的绿萝毫无二致。没有丰厚的土壤，没有时间的积累，没有谁能长得如此与众不同。

大自然在绿萝的身上安放了人生的哲理：只要心底有暖，就有重新崛起的希望；只要根基深厚，就能拥有不俗的表现。

蜡梅香

一

"我喜欢一切无叶的开在枝干上的花。"张爱玲说。蜡梅就是这样的花。

一月初,一个阳光柔柔的日子,我和一株蜡梅相逢。它出现在学校的门房,枝条光溜溜的,顶端全被剪去了,留下黄白色的创口。一个个花苞轻盈地附在枝条上,有的大如蚕豆,有的小如米粒,它们排好队伍,一个个安静地接受着我目光的抚摸,好像在问:"喜欢吗?"

喜欢!当然喜欢!!花是同事艳送的。我们只共事了一年。艳离开时,学生哭得稀里哗啦。我们办公室的老师好几天都不爱说话,总觉得像热情燃烧的炉膛被突然抽去了柴火。

我收下艳的情义,把蜡梅带回家,种在大门口。每次进进出出,蜡梅的身姿里总会闪出那个小燕子一样的身影:走起路来,笃笃笃的很有节奏,高高梳起的马尾辫总是快乐地摆动。于是,我的快乐也从心底往外冒,它们漫过血液,漫过肌肤,咿咿呀呀在唱歌。歌词翻来覆去只有一句:"给我一朵蜡梅香啊蜡梅香。"

蜡梅听着我心底的歌,倒也沉得住气。它们依然含着苞,似乎和刚来时一模一样。两个星期后的雨天,我一进门就觉得家里的空气剔透起来。我狠狠地吸了下鼻子,好香啊。蜡梅开花了!

八片鹅黄色的花瓣围绕着蛋黄色的花蕊，那份轻灵和透明，似乎扛不住雨珠的重量。好在雨珠亦有怜香的情怀，它们轻轻地吻着薄如蝉翼的花瓣，生怕弄疼了它。

从此，小院的蜡梅香就像一根长长的盒式磁带，被微风扯了出来，挂在树枝上，恣意地往我衣服上钻，头发上钻，眼睛里钻。没事的时候，我就爱来来回回地走，只为了沐浴这份绮丽的花香。

枝条上的花苞繁多，它们你方唱罢我登场，仿佛根本不用铺垫，不用争抢，次序井然地展示着自己的魅力。

"你猜，还有几个花苞？"当客人赞叹连连的时候，我就成了小孩子，玩起猜猜猜的游戏。于是，这个数一遍，那个数一遍，蜡梅香里又平添了趣味和期待。朋友说，蜡梅花可治慢性咽炎呢。你有职业病，可以摘几朵晒干泡茶喝。

可是，我哪里舍得呢？闻着蜡梅香，我已神清气爽，喉咙也已受到礼遇。

一个多月后，还有好多花苞等待着绽放。更神奇的是，早先盛开的花儿并没有掉落，只是低调地垂下眼睑。清香淡淡远远，禅意寂寂清清。看人间多少鼎沸繁华，都不如蜡梅独自芳华。

蜡梅香啊，蜡梅香。我的蜡梅香。

空心菜

一

　　花盆里的空心菜乖乖的。当我将这句话配上图片，传到朋友圈，圈友们立马送给我一排排的赞。

　　这几株空心菜，在冰箱里住了一两天。它们本来是要做成蒜蓉空心菜或清炒空心菜的，不料被我抓在手里，穿过一条条街，顶着微热的风，请到了家里。当我松开手才发现，空心菜已然叶黄秆软，奄奄一息了。家人叫我丢进垃圾桶，我却执着地选择了拯救。

　　空心菜，我曾经种出一池的壮伟。那年，我把空心菜扦插在水池边，空心菜爬满了整个水池，结实的根须像一串串葡萄，绿油油的叶子有成人的手掌那么大。白色的宛如百合的花朵把粗犷的水池抹上了柔软和温情。每一个经过的人，都会发出啧啧的赞叹。

　　美好的画面在我眼前停驻。我仿佛看到了这几株空心菜泛绿抽芽的样子。我把水桶装上水，把它们一一请进水里。怕空心菜横着浸上一晚上会没法呼吸，我又把一两枚皱巴巴的叶子小心地弄离水面，附在水桶壁上。

　　次日早晨，空心菜看起来舒展了一点。我把它们一一种到花盆里，用水浇得透透的。三四天后，空心菜缓过来了。它们的叶子挺起来了，秆也硬气起来了。我也松了一口气。这关键的几天，我像母亲伺候婴儿一样，常常蹲下来看它们，一天浇上很多次水。为浇水均匀，我还专门买了小巧的洒水壶。

　　后来，我又买了一小把空心菜。挑选的时候，我专找秆直叶大的。炒菜前，我把粗的秆切下两节，插在花盆里。然后又挑了几株粗壮点的插在花瓶里。仅仅两天，插在花瓶里的空心菜就长出了五六厘米长的根须，让人不得不惊叹生命的神奇。节处的根须自在地舒展着，它们像嬉莲的银色小鱼，一条，两条，三条……似乎空无所依，又如影布石上，怡然不动。花盆里只露出一节空心菜，也很快在节处抽出了嫩绿色的小叶子。粗略看去，它们像一节节的竹子，冒出了新的生命。

　　那段时间，我和空心菜成了最亲密的朋友。晒空心菜的进展，成了我每日的功课。有文友看见了，留给我一句话：我也扦插了，为什么插不活啊？语气里，是焦急和疑惑。看着它，我有些得意地笑了。空心菜是最好种的植物，但我们也要顺应它的脾气。我种空心菜，没有求教过谁，但空心菜，就是我的老师。空心菜爱水，那我就多多地送水给它喝。空心菜成活要有更多的精力来长根，我就把多余的叶子剪去，只留下两三枚。也许，从对方的角度思考问题，再困难的事也是易事；从自己的立场处理事情，再容易的事情也不一定能做好。

　　人间春秋，心灵过往。小小空心菜，却藏着生活的智慧。

看青

一

青，一个多么曼妙的名字。如青草初长，如燕语呢喃，似水袖翩跹。轻轻地说出这个音符，整个心都变得柔软明媚起来。

看青，一定有一个温暖的故事。我只是想看看你，青。不远不近地看你，安安静静地看你。柔柔的一眼，两眼，便葳蕤了一树的美好，如春日的植物，蓬蓬勃勃。

我家就有一盆植物，芳名看青。它像一位美女，翩然而至。满身青翠的衣裳，站在珍珠白的瓷盘上，清丽得有些脱俗。我小心地把它捧回家，就像捧起一个沉甸甸的情意。

看青，是朋友海送的。海做事从来不放预告片，她会突然给我留言："我有螺蛳和鲫鱼，送你尝尝。""我有一盆花放你学校了。"于是，我收到的喜悦在这样的突然中，被放大了很多倍。

这年代，多少人爱说"哪天我们聚聚""我哪天送你什么"，却从来不见回响。一盆看青，让我看到了友情的透亮和清澈。

我把看青搁在窗台上。窗台前是一桌子的书，我常常坐在边上，随意地翻阅。阳光像钢琴明亮的音色，洒在窗台上，也洒在看青上。看青舒展着枝叶，像一位幸福的母亲舒展着自己丰腴的身体。

暑假，阳光的热情让我难以抵挡。我不再坐窗台了。几天后，我发现看青的叶子慢慢起了皱纹，青翠的颜色也泛白了。如果它会说话，一定会告诉我，它中暑了，它渴得厉害。于是，我每天殷勤地给它浇水，看着白色的泥土一点点变黑，想象着它的根须正在努力地喝水，我的心似乎找到了栖息地。

没想到一段时间后，看青的叶子并没有长胖长青的迹象，我忍不住凑上前，用手去触碰它。啪嗒，那枝干耷拉下来，叶片纷纷脱落，像一声声的叹息。天哪，我的好心居然办了坏事？

后来我才知道，高温天气的看青要移至阴凉处，要严格控制浇水。很多时候，我们就爱一厢情愿，喜欢从自己的想法出发，揣摩他人的需求。殊不知，吾之蜜糖，彼之砒霜。我的自以为是，生生把看青推向了死亡。我拿起剪刀，剪去了整株看青，把空花盆移到角落里，然后弱弱地告诉海："不好意思，我把它养没了。"我不知道海是否和我一样，为看青生命的休止而遗憾叹息。我只知道，春天一来，海又突然送了我惊喜："花放你学校了。"跟着文字来的是照片。啊，是看青。我仿佛看见了老朋友在时光的磨砺后，冲我笑盈盈地走来。这一盆看青，比去年的那盆更大更绿。中间还夹杂着一株酢浆草，宛如调皮的孩子踮起脚尖，想看热闹。

下雨天，我找了一些苔藓，把它们铺在泥土的上面。青绿的带点毛茸茸的苔藓，把看青映衬得更加春意盎然。我又找了几朵地衣，养在苔藓上。顺便的，我想把其他的花盆也装扮一下。蓦地，我发现了那个瘦高的珍珠白小瓷盆里，有两朵小小的绿意宛如雏鸟的小嘴巴，正吧唧吧唧地，想述说着什么。

我的看青，已经下了死亡判决书的看青，回来了！我把两盆看青放在一起。风儿柔柔地吹过，看青憨憨地笑着。

幸福如此青葱。

金樱子

一

某日回乡下,发现门口的竹筛上晒着十几个椭圆形的东西,和月季花的果实有些相似。问其名字,原来就是糖罐头,也叫金樱子。母亲告诉我,父亲咳嗽总不见好,医生推荐吃金樱子。这几个是她在溪畔发现的。

这些黑红色的果子,真的像一只只小罐子,躺在古旧的竹筛上,欢欢喜喜地洗着日光浴。母亲把它们领回家,装在蛇皮袋里,用脚踩光了身上的刺。看着那一个个光光的瘪瘪的糖罐子,记忆的潮水退到了很远很远的地方。

我生活的村庄,北面是连绵的山。最温和的一座,海拔不高,额头裸露,村人称之为和尚山。每到深秋,我们就喜欢去爬山,在岩石上,灌木旁,松树间攀缘,手脚并用,经常会冷不丁地滑倒,以至于磨了手皮,伤了膝盖。但大家全然不在乎,因为山上有宝贝,比如金樱子。

金樱子有些丑陋。它浑身长刺,举止粗鲁,枝条上的硬刺给了它强大的气场。凡金樱子所到之处,其他植物纷纷让路,松鼠野兔也不得不避而远之。因此,它一出现就是一大丛,蓬蓬勃勃,热热闹闹,像绿色的浪花叫嚣着,欢呼着。

摘金樱子特别棘手,一不小心就会被刺青睐。我们往往会带上一把可伸缩的小刀,从它的底部轻轻一割,小罐头一样的果子就会离开枝头。取一个金樱子，削去它带刺的皮，丢进小嘴中品尝，有一股蜂蜜的幽香。

一次，我们发现有一丛金樱子垂挂在岩石上，果实的个头特别大，颜色特别红，它们享受着独特的地理优势，优哉游哉地和阳光私语，和鸟声缠绵，又似乎在眨巴着眼睛挑逗我们："来吧，来吧。"我决心接受挑战。

小伙伴拉住我后背的衣服，我伸手踮脚去探枝头。好容易抓住一株，瞄准一个金樱子，小刀一动，果子啪嗒啪嗒掉了下去，枝条也呼啦呼啦逃走了。我的身子摇摇晃晃，差点往外栽去。

小孩子天生有一股好奇又不服输的劲头。后来，我穿过灌木丛和密生的松树，来到岩石的下方。掉落的金樱子没有找到，倒是发现了一棵择子树，树上生满了择子。那是可以做择子豆腐的果实哎。惊喜之鸟总是会在不经意间栖息在人生的枝丫上。如果金樱子比较多，我们就会带了回家，药材店有专柜收购。如今，金樱子穿越时光，来到了我的老父亲身边。他的老毛病需要金樱子拔刺相助。

我又一次来到了和尚山。和尚山已做好了台阶。拾级而上，一直到半山腰。半山腰有一个亭子，可供游人休息。这么多年过去，这座山已经不再需要游人手脚并用地攀爬。它变了。但是，我还认得山上的灌木和松树，它们也还认得我，尤其是金樱子。我找到老地方，金樱子还在。连鸟声都似乎没有变。想来金樱子也有恋旧的情怀，既然已经安营扎寨，就不愿意轻易地改变初衷。

你好，金樱子。我轻轻地向它问好。就像问候一位多年不见的老朋友。阳光在金樱子的身上舞蹈，就像我遗失的心跳。我仿佛看见，母亲将加工好的金樱子熬出汁水，煮成了粳米粥。父亲喝着金樱子粥，脸上的皱纹像此时的阳光，像阳光下的小鱼，快乐地游动。

狐尾

一

传说一只狐狸活过了一千年,就会变成九尾狐。九尾狐会化成妖冶的女人蛊惑男人,每条尾巴都有不一样的法力。第一次见到狐尾,我就被它蛊惑了。虽然,它并不是九尾狐。

那是一个雨后的早晨,我在一条小河里见到了它。雨水洗过的大地,尘埃生香。它妖娆地铺展在水面上,身姿修长,体态婀娜,可爱的小脑袋俏皮地昂着,葱绿色的羽衣同心发散,层层堆叠,华贵的造型丝毫不亚于牡丹。我恍然觉得它就是一朵花,一朵秀美的花。一颗颗水珠也似乎有了思想,它们停留在"花心"上,剔透的珠子吻着清秀的"花瓣",仿佛相亲相爱的两个人,相依相偎,灵肉交融,彼此就是世界的全部。仁慈的阳光静静地洒下来,水珠俨然穿上了霓裳,以一种庄重的仪式,在向狐尾表白。

狐尾,其实只是一种水草。它像极了狐狸的尾巴,长长的,妖妖的。别致的叶片甚至给人毛茸茸的感觉。内心的城池瞬间沦陷。我无可救药地爱上了它。

我霸道地拉起它,就往身边扯。它发出低低的呻吟,藏在地底的根应声而断。我不甘心,接连拔了好几株,没有一株愿意跟我走。纤柔的狐尾也有它秉持的信念,不愿轻易改变初心。而我,也不愿就此放弃。

我有些沮丧地把断根的狐尾带到了乡下。它们的节处有一些零落的须根，我把它们压在水池一角的鹅卵石下面。

一开始，狐尾像个精神萎靡的女子，发型凌乱，衣裳不整。慢慢的，它的身子变得越来越长，分枝也越来越多，它轻轻地绿着，绿着，像美人鱼安静在水中。川丁子、柳根还有小金鱼在它身边窜来窜去，一会儿搔搔它的腋窝，一会儿挠挠它的脚丫，一会儿亲亲它的秀发。我听见狐尾发出了嘻嘻的笑声，像蒲松龄笔下那个又美艳又俏皮的女子。

可惜，冬天翩然而至。剑未佩妥，江湖已到。我的狐尾还来不及深扎根须，还来不及储蓄足够的能量，就要承受严寒的鞭打。我的心情从高处落下来，砰的一声砸在地上，变得像天空一样灰暗。人生何尝不是如此。往往来不及准备，或无力准备，就被扔到风暴浪涛中。

莫非，我和它的缘分注定只是这短短的几个月？世上最无力的爱，无非是你明明就在我眼前，我却只能看着你饱受摧残，遽然消失。这个冬天，雪下得有些粗暴。室内的紫罗兰早已蜷曲乌黑。想着我的狐尾遭受的磨难，我的心一阵跟着一阵地疼。

然而，当我出现在它面前，我的眼睛瞬间被点亮了。狐尾，我的狐尾，依然那么轻轻地绿着。白雪压不坏它，严寒冻不伤它，看起来柔柔弱弱的它，倔强地舒展在自己的世界里，管它外界如何严酷，它依然持守着自己的青春和梦想。我知道，我和狐尾的缘分，将和岁月一样绵绵长长。狐尾，全名狐尾藻。

红花石蒜

一

咱家开出了一种很美丽的花,红得像火一样。先生浇完水,发布了一则花新闻。我赶忙上阳台去看。彼时,月光给花草们披上了一件朦胧的纱衣。花草们似乎都入睡了。我找到先生说的位置,手机一闪,拍下了照片。

白亮亮的闪光灯下,是红得耀眼的花,细长的花瓣往下垂挂,像一把把打开的伞。那细条状的花瓣富有舒展感和自由感,颇像菊花里的胭脂点雪,只是一个是雪白色的,一个是火红色的。

这段时间忙于琐事,好多天没上阳台看花了,没想到突然间冒出了惊艳的花朵。我决定明天起个大早,和它来个面对面。晨曦微露,经过一晚的休养,它显得越发艳丽了。只是光秃秃的枝干,亭亭玉立着,火红的花瓣皱缩着、翻卷着,像点燃的红纱灯,如挥舞的龙爪子,又像托举的金华佛手。它,到底是什么?

彼岸花。忽然灵光一闪,我想起了它的名字。多年以前,我曾经写过一篇亲情文,题目就是《彼岸花》。佛经上说,彼岸花,开一千年,落一千年,花叶永不相见。传说,曼珠和沙华是守护花儿的妖精,前者是花妖,后者是叶妖。两妖疯狂地思念彼此,决定违背神的旨意见上一面。那一年,绿莹莹的沙华衬托着红艳艳的曼珠,美出了极致。神很生气,诅咒他们永世不能相见。从此，曼珠和沙华合称彼岸花。你在此岸，我在彼岸，思念绵绵，无岸无期。

为什么直到它开花了，我才发现？它开花前是什么样子？我努力回想，只恨自己的心太粗糙。终于想起来了。以前这里长过一株绿油油的植物。我一直当它是野生兰花。它来自一座高山，是我的一位同事挖了送我的。当时只是一个大蒜一样的小球，像水仙花的地下鳞茎。春天，它长出了细长的叶子。后来，叶子不见了，我以为它死了。没想到，它突然开出花来。

原来，它就是彼岸花，就是红花石蒜。水仙花是花叶相见的白花石蒜，彼岸花是花叶永不相见的红花石蒜。如果说，彼岸花和曼珠沙华的名字带着佛教的意味，红花石蒜则带着烟火的气息。它形象地表达了花的色彩和球茎的特点，也在暗示人们，它的地下鳞茎是可以吃的。清末徐珂编撰的《清稗类钞·植物类》一书写道："石蒜，叶如蒜苗。夏尽苗枯，抽茎如箭。茎稍开花四五朵，深红六出，长瓣长须。根亦如蒜，可煠熟制食。"其实，石蒜有微毒，需要三十六桶清水浸泡后才能食用。故温州人称之为三十六桶。

如今，正值农历"鬼月"（七月），红花石蒜开得热热闹闹。我看着火红火红的花儿和滑溜溜的长茎，仿佛看见了曼珠和沙华在遥不可见的两岸，思念着彼此，回味着千年前那极致的美丽。

红豆杉

一

七年前,一个偶然的机会,我被图片上的果子吸引,那么红润,那么剔透,仿佛有青春的喜悦流泻而下,迟缓了时间的脚步。我忍不住伸出手去,在纸页上抚摸。从此,我的心里,种下了一棵树。

那次,当我在花鸟市场听说这就是会生果子的红豆杉时,毅然买下了两棵。它灰褐色的主干笔直挺拔,老叶子墨绿如翡翠,新叶子像俏皮的小眼睛,眨巴出一树的活力。

据说,红豆杉是经过第四纪冰川遗留下来的古老树种,已有两百五十万年的历史。它具有很强的防癌抗癌、净化绿化功能,素有"植物黄金"之称。如此说来,我家的小院何其有幸,我们一家何其有幸。

不料夏季一来,红豆杉的叶子就有些变黄了,其中一棵越来越萎靡。每天晚饭后,当阳光退场,我就拎起水桶,给红豆杉喂水。听着它大口大口喝水的声音,我纠紧的心就会松开一点点。可惜这世上有一个词叫事与愿违,我的红豆杉,还是有一棵没有挺过,彻底枯萎了。

一棵红豆杉实在孤独。它的相思病无法医治,我渴望的红果子也成了梦想。我决心网购两棵。

没几天,我就收到了惊喜。这是曼地亚红豆杉,母树的枝条挺直秀气,上面还挂着几个青色的小果子。想象着它们长大长胖长红的样子,我的眼睛似乎幸福得要下雨。

淘宝客服告诉我，来年三月份开花授粉的时候，要把公树放在有太阳的通风处，也可以端起公树在母树上面摇一摇，这样授粉会更加均匀，结的果子会更多。真好。真是太好了。那些天，我像刚收到大学录取通知书的孩子，洋溢着十二分的希望和热情。

也许，是我的热情过了头；也许，是快递的路途伤了它筋骨；也许，是老天嫉妒了，公树的叶子渐渐脱落，即使我打了盆水，将其连盆放入水中，放在阴凉处挽救，还是没有救回它的生命。

看着母树上青色的小果子，我真担心它们什么时候跑了。我不时地咨询客服，把他的话当成救命稻草，乖乖执行。多多通风，表土干了再浇水，浇了就要浇透，早晚晒点太阳……

一个多月后，我的手臂都练出了小肌肉，母树的叶子还是转黄了，脱落了，只是小果子变瘪了，依然固执地不肯落下来。它，是在念着我的好吗？心有戚戚焉。我在朋友圈发了感慨。朋友佳看见了，第一时间联系我，送了我两盆红豆杉。

"红豆杉很好种，阳光不要太强就行了。"

"这两棵会生果子吗？"

"都是雄的，生不了。"

六分喜悦，四分遗憾，我把红豆杉搬到小院的通风阴凉处。从此，我家的新成员在风中唱歌，在雨中洗礼，在阳光下微笑，在我的目光里舒枝展叶。

如火的夏天，同事晒出了她家红豆杉上如火的果实，娇而不媚，华而不俗，还是难得的雌雄同株。我赶紧要了几颗果子。

一颗颗火红的小果子宛如葱茏的岁月，在我的掌心枕出了青春的呓语：不用等太久，我就成了树，负责开花也负责结果。奔跑的风传来你的梦话，吹开了我一树的红艳，述说生命中最美的相逢。

黑王子

一

邂逅黑王子,是在一个很民间的地方。那是一个夜市。四周弥漫着孜然粉胡椒粉的味道,像一只只小兽霸道而任性地奔跑着,使得我只想尽快地撤退,逃离。

可是,我的眼睛突然被温柔地绑架了。不经意间,我如同在喧嚣烟火中,看到了一方洁净幽静的绿茵。多肉们在一个个小小的花盆里,挥舞着肉墩墩的手臂,在召唤我。

卖花的是一个中年人,他正在把一盆多肉递给顾客。我停下脚步,问老板,这个叫什么名字?我买花草,有一个问名字的习惯,总觉得名字和花草一样,有着不同寻常的美。我有责任尽可能地尊重这份美。

"黑王子。"卖花人的声音马上被嘈杂的闹市吞没,我却觉得有回音像水波一样激荡着。黑王子,黑王子。多么好听的名字。很久很久以前,那个住在童话里的王子突然出现了,他长得黑黑的,皮肤黑黑的,瞳仁黑黑的,却更凸显了王子沉稳的气质。

我蹲下身来,看着眼前的黑王子。它像一朵安静的莲花,在无水处恬然绽放。一枚枚黑紫色的花瓣成匙形,根部泛绿,顶端有一个小尖尖,颜色带一点红。说它是黑王子,其实更像一朵黑莲花。我正欲买下它,一转身,却发现一旁有颜色粉红的多肉，一朵一朵，是漂亮的粉莲花，就像小萝莉穿着粉裙子在卖萌。

"老板，这个叫什么名字？"

"黑王子。"

同样的对话激起了我不同的心绪。黑的和粉的，怎么都叫黑王子？卖花人懒得理我，好像我的问题很幼稚，他根本不屑回答。罢了罢了，最后我买了粉色的黑王子。

回到家，越想越觉得奇怪。不会是卖花人不懂它，用错误的名字在敷衍我？

我一晒朋友圈，朋友马上告诉我，这是药锦，是黑王子被喷了药，这样的多肉多半是养不活的。

我悻悻然，心越想越痛。原本，我要买的是健康的黑王子。一念之间，却选择了畸形的黑王子。也许，很多人都像我这样，喜欢多肉奇特的色彩和造型，不良商家抓住这点做了文章，使可爱的多肉成了无辜受害者。我的黑王子！

一连几天，我的心绪颇有些不宁。目光一罩上粉色的黑王子，愧疚就像冬日的风呼呼地刮着我的脸。我决心弥补我的过失。我不愿眼睁睁地看着黑王子腐烂，离去。

我轻轻地掰下底端那一圈叶片，把它们一枚枚平放在花盆里。这些叶片成熟而完整，最重要的是，它们的颜色是正常的黑紫色。我期待着它们能在基部生根，长出新芽。

时间在等待中变得漫长。我的小黑王子，真的有几片长出了小小的芽儿。啊，我听见了身边的花儿草儿们都在歌唱，为我迎来了新的生命而欢欣。而我生生被喷了药的黑王子，在时光的磨砺中，在我纠结的目光中，渐渐褪去粉色，恢复了原先的黑紫色，底部被我掰掉的地方又长出了新的叶片，肥肥的，厚厚的。

原来，这世上有一种植物，就算有人让他颜色颠倒，它依然保持孤傲，默然微笑。

海棠

一

家门口的海棠含苞了。一点点圆鼓鼓的红，在嶙峋的枝干间，妖娆出一树的风情。那鲜艳的颜色，羞答答的模样，宛如新娘子即将上花轿。

这株海棠，是先生多年前送我的礼物。它被放在一个精致的小花盆里，也正是含苞的时光。我一看那绢花一样的小圆点，就莫名地欢喜起来。读幼儿园的儿子仰着小脑袋说："我要画下来送给妈妈。"

大文学家苏轼非常钟爱海棠，怕花儿睡去，不惜深夜起床欣赏。"东风袅袅泛崇光，香雾空蒙月转廊。只恐夜深花睡去，故烧高烛照红妆。"淡淡的月光是幸运的，高高的红烛也是幸运的，它们陪着苏轼，观赏到了海棠盛开的美好。

可是，我总觉得含苞时的海棠是最美的。俗话说，酒饮微醺，花看半开。欲开未开的海棠，像一层层的帷幕，错落出朦胧的美。如果是微雨的天气，海棠的花色越发鲜妍，花姿更加迷人，真可谓"秾丽最宜新著雨，娇娆全在欲开时"。而海棠一旦怒放，美则美矣，却美得过于用力，以至于花形涣散，像古时的女子刚刚晨起，醉颜残妆，鬓乱钗横，惹人爱又惹人惜。彼时的海棠，要不了多久，就会一一飞离枝头，留下一地的落英和满树的叶子。

诗人喜欢把海棠比作女子。"绣幄鸳鸯柱，红情密、腻云低护秦树。芳根兼倚，花梢钿合，锦屏人妒。东风睡足交枝，正梦枕瑶钗燕股。障滟蜡、满照欢丛，嫠蟾冷落羞度。"柔柔的春风里，海棠花如美人酣睡，优雅地倚卧在交错的花枝上，进入了甜蜜的梦乡。

每种花都有自己的姿态，每个人都有自己的活法。有的不争不抢，安安静静，就像含苞的海棠花，自在着，美丽着。

不过，张爱玲不喜欢海棠。她说："一生有三恨，一恨海棠无香，二恨鲫鱼多刺，三恨红楼未完。"可我总觉得，无香的海棠，更显其脱俗的气质。再说，有遗憾的才是最美丽的。完美，本非生命的状态。

春风沉醉，海棠又开。岁月在花谢花开中流转。儿子当年稚嫩的画在时光里盛开，唤醒细微的幸福。

鬼子姜

一

前几天，母亲做了一个老时光里的菜，迎来了一扫而空的待遇。伴随着记忆而来的，是一种霸气而美丽的植物。

小时候，我喜欢在田野里奔跑。我熟悉田野，就像熟悉自己的身体。当秋风吹起，瓦砾边，老田埂上，杂草丛里，会突然呼啦啦地开出一种耀眼的花。

说它耀眼，一点也不过分。它的植株很高大，花也特别大。叶片是纯净的黄，纯得逼你的眼。花瓣里围着的，像微型莲蓬，像小向日葵。整个看来，简直是菊花的亲姊妹。它性情泼辣，不管不顾，年年信守季节的承诺。只要时间一到，就汹涌地绽放，如此坦白，如此炽热，仿佛在向世人述说：爱，就要倾己所有，就要全力以赴。可是，农人们听不见它的宣言，对它的美更是视而不见。难道是因为它的名字不好听，甚至有一点邪恶吗？鬼子姜。名字真的不讨喜。

一直到冬天，美丽的花和高大的植株全部枯萎，生命已然全部耗尽的时候，农人们把它当成了宝贝。沿着它老去的秆往下锄，会发现一块块生姜一样的根茎，满身姜黄，凹凸不平。鬼子姜的根系喜欢在泥土里四处乱窜，因此没有一个人能轻易把它锄完。来年，它又这里一株，那里一簇，开启了霸气的生命模式。莫非，是它的这份鬼心思，被人叫成鬼子姜？在我看来，这是它的机灵，也是它的卑微。它的花，那么张扬，那么奔放；它的根，那么倔强，那么努力。它，多么像我们的父母，卑微地生活，极尽所能地打下根基，只为了让子女在人前最美的绽放。

儿时的我，曾经把一块鬼子姜扔在老房子边的草丛里。后来，那里就繁衍了一大片。当花儿一朵挨一朵的时候，我拿了锄头，想锄出一餐美食，却一无所获。父亲告诉我，鬼子姜要满一年才能开挖。一般要冬天和春天才能上餐桌。

从来没见过生长期如此漫长的植物。难怪鬼子姜味道如此独特，营养如此独特。鬼子姜能预防便秘，减肥瘦身。最神奇的是，它对血糖有双向调节作用，高血糖的吃了能变低；低血糖的吃了能升高。

又是一年春天。鬼子姜像一壶春天时酿的酒，经过春的缠绵，夏的热烈，秋的浪漫，冬的厚重，施施然出窖了，直醺得人醉意朦胧。

拐枣

一

　　初冬时节，去了一趟新昌十九峰。眼睛被路边小摊上一种长相奇特的东西吸引了。像鸟的爪子，疙疙瘩瘩，歪歪扭扭，一串一串，穿着褐色的外衣。那不是小时候吃过的拐枣吗？记忆翻山越岭而来。

　　村里有一户人家，门口有一棵高瘦的树。起先，我从来没有注意到它。突然有一天，小伙伴们聚集到了树下，有的跳起来想攀下枝条，有的嗖嗖嗖想爬上树去，有的拿起一边晒衣的竹竿敲打。

　　原来，树上长出了一种可以吃的东西。我学着小伙伴的样子，咬一口歪歪的青黄色果实，一股涩涩的感觉迅速传达到舌尖。可怜的舌头半天伸不回去。正当我想哇哇大叫时，树的主人走了过来。她古铜色的脸上满是皱纹，说出的话像故事里慈眉善目的老人："知道了吧，现在还不能吃。冷霜压过，冬风吹过，才不会麻口。"

　　我们哗啦一下跑远了。此后，我一直没有勇气再去摘它。只是总会不知不觉走到树下，抬头看看那一串串奇形怪状的东西。后来我才从爸爸口中得知，那叫金钩梨，也称拐枣。

　　某次农村赶会场回来，爸爸给我带回了一束拐枣。此后的好多年，我都能吃到农村交流会上的拐枣。没有成熟的拐枣味道酸涩，难以入口。到了冬天，它由青黄色变成了黄褐色，慢慢咬一口，自有一股独特的果香。其实，我们吃的拐枣并非它的果实，而是它的果柄。吃拐枣很麻烦，因为它的周围密布着小小的籽粒，要一颗颗摘掉才行。

有一次，我把一颗颗的黑色籽粒埋在家门口的泥土里，等待着它们长出惊喜。从此，我特别留意起村里的这棵拐枣树来。

春风吹过，榆钱大小的翡翠绿叶片缀满枝头，在阳光下泛着青春的光泽。夏天，一簇簇黄白色的小花组团成队，连花香也似乎有了一种气势。当秋风乍起，麻黄的果实在枝头舞蹈。霜降后，叶子变成了黄绿色，生涩的果实日渐成熟。冬天一来，饱满的果实渐渐风干。树上的鸟儿突然变多了。它们拖着尾巴，忙着品尝甜蜜的果实。叽叽喳喳的声音似乎在交流哪一串更甜美。颜真卿有诗云："山僧狌猿狖，巢鸟来枳椇。"古语云："枳椇来巢，言其味甘，故飞鸟慕而巢之。"枳椇就是拐枣。《诗经》中，称拐枣为"枸"。《陆疏》中说："枸树山木，其状如栌，高大如白杨，枝柯不直，子着枝端，大如指，长数寸，啖之甘美如饴。"

李时珍在《本草纲目》中记载，拐枣"味甘、性平、无毒，止渴除烦，去膈上热"，是糖尿病患者的理想果品。拐枣可以直接吃，也可以泡酒，民间常用拐枣酒医治风湿麻木和跌打损伤等症。

我不会喝酒。但如果哪天和拐枣酒相遇，我还真想喝上几口。

枸杞

一

传说，有一年轻女子怒打一老人，让路人看不下去。路人干预此事才知，老人是女子的重孙子。女子已经72岁了。她怪重孙子不肯坚持服药养生健体。路人忙问什么药如此神奇，女子答曰："药唯一种，然有五名。春曰天精，夏曰枸杞，秋名地骨，冬称仙人杖。四季常服其果，可使人与天地齐寿。"

又传宋代时的蓬莱岛南丘村，家家户户都种枸杞。村里上百岁的老人就有十几个。皇帝赐匾额"长寿村"。徽宗时，顺州筑城，有人还挖到了千岁的枸杞根。枸杞，这株小小的植物，从先秦的文献里走来，从神的光环里走来，一直走进千家万户。也走进了我家。

收到淘宝客服寄来的枸杞，它像毫无生命力的枯枝。灰白色的树皮皴裂不堪，枝上还有清冷的小刺。枸杞在我的生活里，只是超市里那一包包红色的小果子。在我的想象里，配这些红果子的小树应该是秀气的，水润的。虽然失望，还是将它们种在了水池边。这世上，其貌不扬的东西，往往更容易给人惊喜。

果然。到了第二年，枸杞的枝条就长得热热闹闹了。它们像柳枝一样长长地延伸，有的垂挂在水中，仿佛美人临镜梳妆；有的越过一旁窄窄的水面一直向对岸开拓领土。金秋十月，枸杞一边开花，一边结果，活得有声有色。那小小的花苞宛如未启用的毛笔头，一点，一簇，点点簇簇，密布枝头，俨然一双双灵动的眸子，打探着，闪烁着。

湛湛露斯，在彼杞棘。显允君子，莫不令德。《诗经》里的食物，最寄托乡愁的便是枸杞。我家的枸杞，没有乡愁可寄。我种枸杞，无非是想认识它，享用它。

11月，枸杞果子成熟了。一颗颗精致的小果子，像一朵朵小火苗燃烧在碧绿的枝叶间。此时的枸杞树，和刚来我家时完全不一样了。远看，它们是晨雾中红和绿的光影；近看，它们是苗绣中的刺绣图案。我的手指轻轻地一旋，小果子就来到了我的掌心。它穿着中国红的衣裳，靠近蒂的一头圆圆的，另一头带点尖。它的前生，也许是美人的指尖，也许是美人的香唇。我竟有些舍不得吃它。

不过，我还是把它送进了嘴里，慢慢地咀嚼。原以为，我会迎来一场舌尖上的优美舞蹈，不料这颗可爱的小果子却给我送上了失望的情愫。它有一点苦，又有一点辣，我没有兴致吃第二颗。莫非，它在警告我的急功近利？

后来，我把枸杞煮到香菇排骨汤里，红红的枸杞果优雅的起伏着，一颗俗世的心在淡淡的氤氲里，慢慢柔软。

枸杞全身都是宝。早春的芽尖，可做凉拌小菜；盛夏的枝叶，可洗澡防蚊；秋冬的果子，可益阳明目……苏东坡专门在庭院里开出了一爿小地，种枸杞，赏枸杞，品枸杞。老年的陆游视力不济肝气郁结，医生叮嘱用枸杞果泡酒或煮粥。三四个月后，陆游的体质得到了很好的改善。"雪霁茅堂钟馨清，晨斋枸杞一杯羹"就是他彼时的写照。

看到这儿，你是否也想种枸杞吃枸杞了呢？

吊兰

一

　　一直不大喜欢它。它太常见了。谁都认识，谁都能种，毫无尊贵可言。说起家里养了什么花，我从来没有把它算进去。似乎它就是可有可无的小东西，搬不上台面。几年前，乡下造房子，我顺手扔了两株在院子的角落。它就自顾自地长了。植株越来越茂盛，像生育力惊人的母亲，生出满地奔跑的孩子，有的甚至跑进没有一点泥土的罅隙里，自得地摇摆着。

　　冰冻时节，它一夜间全部发软变黑，整个角落的明媚和葱茏倏忽成了过去。没想到来年春天，它准时签到了。即使我没有给它好的待遇，它依然带着碧绿的香笺，喜气洋洋地报到了。东山再起的它，比往年更有热情和战斗力，仿佛不费吹灰之力，就把别的花草打败了。那个角落，又成了它的领地。

　　后来，家里添了红木家具，朋友说，要养一些水培植物才好。一来净化空气，二来空气保湿。于是，我买了好多漂亮的瓶子，养了富贵竹、观音竹、狐尾草、一帆风顺等，放在客厅和餐厅，怎么看怎么美。此时，我的手上还有几个憨憨的小玻璃瓶，我看见吊兰长出了很多小吊兰，有的垂挂着，有的匍匐着，就把它们一一剪下，插在小玻璃瓶子里。

　　日子一天天过去。狐尾草蔫了，黄了。我丢了它，大瓶子空了出来。看着角落的大吊兰，我决定挖上一株。一开挖才知道，那吊兰的根啊，简直像新疆的大串葡萄，好密实，好粗壮。主根又肥又圆，像极了小番薯，根须密密麻麻，俨然一个超级大家庭。它们那么努力地在地底下打江山，把根基打得实实的，难怪吊兰的生命那么顽强，即使上面的叶子全部冻死了，依然能崛起，勃发。

想来这些肥厚的根养在水里，定然能长出一瓶子的葳蕤，没想到大瓶子的水没几天就发出了气味，即使勤换也无济于事。眼看着肥肥的根慢慢地软了，坏了，叶子慢慢地黄了，我只得选择丢弃。也许，这些根已经习惯了在地下生长，被我强硬地挖出来，它只能用自己的方式表达抗议。

不过，小玻璃瓶中的吊兰一直长得碧青碧青，还油光发亮，仿佛少女的眼眸，盛着一汪春天。这春天居然可以覆盖四季。隆冬时节，我外出几天后回来，发现别的水培都死了或者半死了，只有吊兰还绿着！我一看，小瓶子里的水已经不见一滴了。可是，吊兰白白的根绕着瓶子底部的形状生长出了一团云雾，美得让人感动。那是多么隐忍而又倔强的力量啊。

我抚摸着它依然青葱的细长叶子，忍不住赞叹。倔强是一种多么高贵的品质啊。朴素又低调，清心又素心，怎样的修炼，才能有如此高的格局呢？看着吊兰，我的心里仿佛也有一种东西在悄然生长。

地耳

一

多年以前,在云南的某个超市,我拿起一包木耳样的食品看了又看,同行的朋友说,太难清洗了,没法吃啊。目光和思绪一次次地盘旋,最终我选择了舍弃。它,就是地耳,也称地衣、地皮、岩石衣。其实,我担心的不是难清洗,而是觉得如此迅捷的获得,删除了我和地耳接触的太多环节,这样的跳跃比剧透更显无趣。我和地耳结缘在童年。

我的童年很少给我留下美食的记忆,小小的我经常为烧什么而大动脑筋。丝瓜花、南瓜叶、番薯藤,都是我的手下食材。村庄东面的山坡上那黑乎乎的地耳,自然也是我的猎物。

其实,那真的是长得极其丑陋的小玩意,尤其在晴天。它们小小的身躯,蜷缩着,像乡间随处可见的碎石头、干牛粪。人来人往,无数双脚丫踩在它们身上,没有谁听见它们的呻吟。它们注定是卑微的。但是雨天的地耳,会摇身一变,绽放成一朵朵墨绿色的花儿。

雨是天上的精灵,地耳是雨天的尤物。你看它们,有的调皮地站在草尖上,有的坦荡地睡在岩石上,有的干脆躺在路上,或打个卷儿,或舒舒展展,或层层叠叠,简直是一幅小水墨画。

捡地耳看起来有点诗意,清洗它却是费时劳神了。地耳身上,有着太多的沙砾和枯草，有时，还会有小蚯蚓小虫子。一开始，一定要倒在底部和边缘有很多小洞洞的篮子里，把上面浮着的枯草拂去，让沙砾或沉下或钻出小洞。拂去枯草，捞出地耳，倒掉沙砾，如是反复多次。这只是清洗的序曲。

准备两个铝盆，装满清水，放一点点地耳到其中一个铝盆。薄薄的地耳，呈现出可爱的淡绿色，就着铝盆的亮光和灯光，更显透明。在这样碧玉般的形象中，什么脏东西都无法躲藏。用筷子一片片地挑起，放到另一个铝盆。过一会儿，将盆底的细沙和零碎的地耳倒掉，再重复以上的动作……

童年的地耳，我已经不记得它的味道了。在那个缺油少盐的年代，地耳不过是配饭的小角色罢了。没想到长大后到了小城，每次出去吃饭，友人都特别爱点地耳。那地耳，总是炒咸菜和肉丝。有时，我的牙齿受不了沙砾的攻击，直向我发出警告；我的舌头又告诉我，咸菜太多把地耳挤兑了。我决心自己来种地耳。

当我在朋友圈里晒出我一手种的地耳时，肥厚硕大的地耳瞬间成了网红。我把地耳放在掌心，它比我的手掌还要大。因了它的大而厚，清洗也不再烦琐。我炒的地耳，以番茄丁、豆腐丁、辣椒丝为配料，再加上小葱或韭菜，绝对以色诱人，以味醉人。

《本草纲目》称地耳为地踏菜。明代王磐在《野菜谱》中写道："地踏菜，生雨中，晴日一照郊原空。庄前阿婆呼阿翁，相携儿女去匆匆。须臾采得青满筐，还家饱食忘岁凶。东家懒妇睡正浓。"北宋黄庭坚则将地耳称为绿菜，并写诗赞曰："蛙蟆之衣，采采盈掬。古蠋铣泽，不溷沙砾。茆以辛咸，宜酒宜餗。在吴则紫，在蜀则绿。"云雾溟蒙中，在溪水如练的岩石上，地耳好似珠蚌翠绿的衣裳，晶莹青黛，楚楚动人。

我正卖弄小书袋，友人单刀直入："说，你是怎么种的？"是啊，很少有人会想到自己来种地耳，我只是敢于尝试罢了。我把地耳放在苔藓上、石头上、水池边，任由它们在烈日下休眠，在雨水中舒展，给它们慢慢成长的时间。梅雨季节，我不仅自己吃上了地耳，还把它们送给亲友分享。

地耳，它承载着大地的气息和精神。其实，只要我们蹲下身子，亲近土地，很多的不可能都将成为可能。

蝉翼玉露

一

都都送了我一盆花。花盆不及拳头大,花儿像一滴滴绿色的水珠层层环绕而成,手摸上去感觉像QQ糖,带着俏皮的弹性。这是什么塑料花啊,手感真不错。我把它放进塑料袋带回了家。

我把它取出来的时候,发现花盆上面的泥撒出来了。说是泥,其实是碎石灰一样的小颗粒,一粒一粒,雪白的样子,看起来很煞风景,有几颗还躲进了水滴一样的花瓣里,显得不伦不类。

我向来不喜欢塑料花,觉得它没有生命,没法欣赏它每天的变化,没法和它进行清风雨露的交流。当然,我不能辜负了都都的美意。都都是我的学生,平时带点羞涩,上课忽闪着大眼睛,非常可爱。看见它,我仿佛看见了都都。

我把它放在窗台上。即使它不会吐露芬芳,不会舒枝展叶,做个装饰也是好的。它的边上,养着新买的观音竹,我经常要去添一点水,滴几滴营养液,看看它的根须有没有新的进展。

一个月后的某一天,我照常给观音竹添水,不小心弄翻了它。那些白色小碎石跑到了窗台上,又有几颗跑进了花瓣里。我一时有些懊恼,这塑料玩意儿,也太惹事了,不要也罢。这个小花瓶拿来养多肉吧。心念一动,我的手就倏地向它伸去。它离开了小花瓶,细碎的根须瞬间断了。商家也真有意思,连根都做得这么逼真。想着，我又摸了摸它的花瓣，软软的，厚厚的，有弹性的花瓣。我随手掰下一瓣，想看看它究竟是什么做的。

突然间，我的肠子，变青了。我看见绿色的泪水流了出来，濡湿了我的食指；我听见了它低低地哭泣声，在这个夏日的午后盘旋着。

真像一枚长长的小针，毫无预告地扎在我心口，刺得我疼了又疼。我真的好恨我自己。它的主人以为我会爱它，把它送给了我，我却一直当它是塑料做的，对它不理不睬不闻不问，甚至因为上面的小碎石而心烦。我生生地把它逼上了死路，还以为自己是个知花懂花的人。

也许，亡羊补牢，为时不晚。我赶紧把没根的它种回小花盆。我希望它能听见我的忏悔，挺过我这只毒手的摧残，挺过这个异常炎热的夏天。至此，我才想到应该知道它的名字。它，有个美丽的名字——蝉翼玉露。夏天，它在休眠。等它醒来，会繁衍得热热闹闹，剔透美丽。可惜，我知道得太晚了。

在生活面前，我们都是学生，需要学习的太多太多。有时候，我们会自作聪明，先入为主。这个是懒惰的人，这个是爱计较的人，这个是豪爽的人，我们给身边的人贴上了标签，却根本不曾真正走近他，了解他。如此，伤害无法避免。

但愿，我知道得不算太晚。

苍耳

一

走在乡间的小路上,猛然发现了它,恣肆横生的枝条,狼牙棒一样的小刺球,不经意间,柔柔地刺穿了我久远的思绪。

小时候,苍耳随处可见,家门口,小路边,田埂上,操场上,它像个上天遗落的野孩子,用满身的刺对抗着这个世界。每次经过苍耳的身边,我都能听见它的呐喊:"不!偏不!"

班上有个调皮鬼,独爱苍耳。秋天,苍耳长出了灰褐色的苍耳子,他就把它们一粒粒地摘下,滚成一个刺球,装在口袋里。有芦花母鸡红顶公鸡经过,他朝它们扔,鸡们咯咯咯地跑了,他还要追上一段。坐在他前排的女生,经常享受他的礼遇:有时,背上的衣服被拼出了字母;有时,头发上有了全新的造型。女生气恼地追他打他,他边跑边叫:"来啊,来啊。"

年少的我觉得,他就是苍耳。一粒粒蛰伏的倒刺,便是他成长的姿态。汪曾祺称苍耳是"万把钩",描绘的就是它到处惹事的形象吧。

其实,苍耳还是女子思念的符号。《诗经》中的《卷耳》,说的就是苍耳:"采采卷耳,不盈顷筐。嗟我怀人,寘彼周行……"一个柔媚的女子,忧伤地采着苍耳。时间过去了很久,她还是采不满浅浅的小筐。有谁知道她是思念成灾,无心劳作啊。罢罢罢,还是弃了小筐,眺望远方的人儿吧,也许他已经改走小路了。此时的她，恨不得变成小小的苍耳，依附在心上人的征袍上，随他奔波，日日相依。

如今，岁月辗转，我渐渐明白，苍耳粗糙的外表下，是一颗柔软的心。就像我苍耳一样的调皮鬼同学，就像《诗经》里采着苍耳的女子，都是心思细腻的。他们的举动，宛如苍耳身上带的刺，是一份独特的宣言，有着孤傲、昂然甚至隐晦的美好。

说起苍耳，还有个故事。70年前，有位叫乔治·德·梅斯特拉尔的男士，散步回家发现自己裤腿上和狗身上都沾满了苍耳。乔治用放大镜仔细观察这种带刺的小东西，发现苍耳的纤维与狗毛交叉在一起，它们紧紧抓牢，不易分离。乔治想，如果采用这两种结构的材料，不就可以发明搭扣了吗？倘如此，老人和小孩系鞋子就方便多了。

于是，乔治找来尼龙带，一条涂上涂层，上有类似芒刺的小钩，另一条上面则是数千个小环。钩与环牢牢地粘在一起，就像粘人裤脚的苍耳。就这样，世界上第一个尼龙搭扣诞生了。无意中，苍耳成就了一项发明。看起来野蛮的苍耳给很多人带去了温柔的呵护。

苍耳独特的气质，注定了它今生和来世的漂泊。它毫不犹豫地抓住瞬间的缘分，不择土壤，不择气候，落地处就是家。没有谁能阻止苍耳天马行空的脚步，没有谁能阻挡苍耳对远方的渴望。

苍耳不仅坚韧执着，更有清澈的内心。苏东坡有言："药至贱而为世要用，未有如苍耳者。"《本草纲目》记载："苍耳草久服去风热有效，苍耳子可治鼻炎等"。

那么，就让我做一株苍耳吧，粗糙又深情，凌厉又柔软。

白花紫露

一

23年前，它来到我们家。那年，父亲50岁。一个偶然的机会，我见到了它，一下就喜欢上了。我要了一根枝条，种在花盆里，取名长寿草。生日那天，我郑重地把枝繁叶茂的它交给父亲，祝他健康长寿。

它真的无愧于长寿草的名字。一年又一年，它一直在繁衍，从一盆到多盆，陪伴着我们走过一个个日子。这么多年，它似乎成了我们家庭的一员。

它的叶片肥厚呈椭圆形，叶秆如细长的竹子一节一节的。枝节处会长出一条条根须。如果让它们垂挂着长，它们就会长成少女浓密的秀发；如果让它们沿着地面长，要不了多久，地面就会铺上嫩绿色的毯子。

长寿草的花，白白的小小的，整体看去如繁星点点，仔细欣赏一朵小花，却发现它美得相当精致。那纯白色的花瓣上是细细密密的花丝，像白色的伞一样撑开，像舞女迷人的裙摆，又像孔雀在骄傲地开屏。没有开放的花苞宛如微型的含苞百合，静静地站立在枝头，俨然一位位酣睡的美人，等着夏天的风儿来把她们一一唤醒。蜜蜂们纷纷从远方赶来，时而停下来说几句悄悄话，时而用翅膀轻轻地触碰，温柔地表达着爱慕之情。蜜蜂们和小白花们的恋爱一直从夏天谈到秋天。看着它们，我常常想，来年的这时候，来的还是同一群蜜蜂吗？它们来寻觅的是旧爱还是新宠？它们还会回忆起甜蜜的往事吗？

某年冬天，雪下得特别大。父亲的身体亮起红灯，而当年我送他的长寿草，所有的枝条都成了灰黑色。父亲的情绪也染上了灰灰的色彩。不知什么时候，长寿草突然从泥土里拱出了嫩绿色的芽。没有几星期，它们又长成了细竹的样子。"春天来了。"父亲看着长寿草，眉头舒展开来。

后来，我把长寿草掰开，插到水里，它们陆陆续续长出白色的根，长出新的叶子，甚至开出纯白的小花。它们以婀娜的姿态蓬勃的活力装点了我的书柜和窗台。只是，这么多年，我居然不知道它真实的名字。那天，我心血来潮输入"叶子像竹叶，开白色小花"进行百度，没想到马上找到了它的名字：白花紫露草，也叫淡竹叶、白花紫鸭跖草。

白花紫露，好有诗意的名字。可是，父亲说，还是叫长寿草吧，我都习惯了。

扁豆的盛宴

一

听说,扁豆可以排毒,我在阳台的花盆里栽下了一棵。悄悄的,它长大了。它紫色的茎缠缠绕绕,一根茎里慢慢长出很多个头来,弯弯地绕着爬,有时挤得找不到地,就昂着头,望着天空,像调皮的孩子用不羁的眼神挑衅你。它们你中有我,我中有你,可着劲地往前攀爬。栏杆上拉着的一根根细绳马上被爬满,整个栏杆成了一堵绿莹莹的墙,翠叶叠叠,亲热得不留一丝罅隙。扁豆的叶子,总是一柄三叶,宛如一家三口,团坐着,对视着。风一起,层层绿叶翻飞招展,恰似一把把翠扇在轻摇。

扁豆开花了!惊喜声突然在某一个早晨响起。那是淡淡的斯文的紫,看着就让人内心柔软。每一小朵,都是一个浅浅的笑。一朵,又一朵,一朵,又一朵,最后凝成一串,像紫色的鞭炮在寻常的日子里,发出喜悦的呼喊。

扁豆花明媚着,天空明媚着。有小小蝴蝶翩然而至,停歇在扁豆花上。我眨眨眼,恍然觉得所有的扁豆花都成了蝴蝶。风,你可要轻轻地走,不要把我的蝴蝶们惊飞了,惊落了。

不过,当扁豆花被惊落在地,花茎上就会长出小扁豆。扁豆的形状像极了紫月亮。弯弯的,像微笑的嘴角。当扁豆慢慢成熟,里面的小豆子日渐凸起,就如小孩子鼓起腮帮子,在风中游戏。听说有的地方称扁豆为月亮菜。茂盛的藤叶,就像绿色的夜空,很多的小月亮冉冉升起,想来就是一篇美美的童话!

成熟的扁豆自然也是一串串的。我拿起剪刀细细地剪,生怕剪疼了它。此时,不能剪得太接近根部,弱了扁豆再生的力量。扁豆的花茎和叶茎是截然分开的,它们各司其职,互相点缀。更奇特的是,扁豆花且落且开,且开且落,好像不会疲倦。花茎在一天天的绽放和结果里,越来越粗壮,上面会留下一个个像微型生姜的突起,这些突起或是曾经的花苞,或是未来的花苞。

没想到将扁豆制成菜,也像一个传奇。明明是紫色的月牙儿,炒啊炒,就成了绿月亮。有时,里面的小豆子还会爆出来,发出砰砰的声音,真有点放小鞭炮的感觉。等到扁豆由硬变软,就是炒熟了。

孙犁在《扁豆》里说:"扁豆有一种膻味,用羊油炒,加红辣椒,最是好吃。"我却觉得,那是扁豆的清香加药香,是它的本味。本真就是最美,人和物亦然。

"碧水迢迢漾浅沙,几丛修竹野人家。最怜秋满疏篱外,带雨斜开扁豆花。"再寻常的日子,有了如此盛情的扁豆,都会变得繁茂而欢欣。

第二辑

雪的心里,藏着一个春天

彼时,雪花落在婆婆的身上。婆婆落在水墨画上。
她把自己83岁的生命变成了雪,单纯,剔透,又温情脉脉。

雪的心里，藏着一个春天

一

雪飘飘悠悠地落下来，像一尾尾小鱼，滑向一个全新的世界。鱼儿所到之处，一片亮闪闪的白。一双枣红色的鞋子盛开在洁白的大地上，宛如两朵硕大的茶花。

那是一位伛偻着背的老人。她宽大的脚印，一直从村口延伸到野外。在一棵大樟树下，她停下了。然后，她开始来来回回地走。脚印重重叠叠，杂乱成了一幅水墨画。

南方的雪并不厚，老人的鞋子还是湿了。老人似乎毫无察觉。她脸上的肌肉像结了一层冰，一路嘟嘟哝哝着。等我找到她的时候，她的鞋子已然湿透了。她也成了一个老雪人。她——是我的婆婆。

婆婆是个勤快的农村老人。她大字不识一个，却把土地当成了一本大书，整天埋头啃读。她无疑是个最勤快的学生，不用老师教导，每天自觉地耕耘，早出晚归，乐此不疲。80岁那年，她的儿女对她说："这么大岁数还去田里，村里有人说闲话呢。"她粗着嗓门回答："我高兴我乐意！你们不让我干活，才是不孝顺！"

每次去乡下，婆婆都会骑着空三轮车出去，再骑着装满了菜的三轮车回家。她把嫩花生一颗颗摘下，挑选最饱满的清洗好，装进塑料袋；她把大白菜外层的叶子去掉，把带着泥土的根用菜刀剔掉；她用粗糙的手指抹去毛芋身上长长短短的触须……婆婆种的丝瓜，总是浸在小院的大水缸里。她说那样丝瓜可以放得久一点，等我们去了，可以随时拿走。

每次我去乡下，婆婆都会戴上斗笠，拿个塑料脸盆，去村口的渠道附近。渠道分出一条小溪，水质清冽，水底有很多泥沙，泥沙里藏着我喜欢吃的黄蚬。黄蚬肉质鲜美，连乳白色的汤都很好喝。可是，我不敢下去摸。那水一副好脾气，养着美味的黄蚬，也养着可怕的蚂蟥。一看到那软软的、爱吸附在人身上吮血的东西，我就吓得喉咙发紧，双腿发抖。

婆婆不怕。每当蚂蟥吸上她的腿，她就啪啪啪地拍几下，等蚂蟥掉下来，顺手捡起，扔到远处。在我看来，那麻利的动作，比战场上冲锋陷阵的勇士还酷。

寒冷不起冻的日子，婆婆穿上高筒雨鞋，依然要出去摸上几把。她说抓一大把沙土到溪岸上，再捡出可以吃的黄蚬，摸一碗毫不费劲。可是，我分明看见，婆婆钝钝的手指，被冷水泡成了虬曲的树根。往事像冬天的雪花，每一朵都那么晶莹，那么美丽。然而，雪花转瞬即逝，正如人世间的美好，总会在时光面前凋谢。

只是突然间，我发现婆婆变了。那次，她指着她的孙子问："这个是你儿子？"过了一会儿，又问："这个是你儿子？"婆婆说话的时候，会嘿嘿嘿地笑，可听起来在笑，肌肉却明显是僵着的。她的双眼，空空洞洞，像枯井一样，泛不起一丝小小的涟漪。

此后，每次见她，我都会问："我是哪个？"婆婆还是嘿嘿嘿地笑："我的媳妇，秋珍啊。"想到婆婆还不是完全糊涂，我的心又有了一丝安慰。

其实，婆婆的阿尔茨海默症是越来越严重了。现在明明在下雪，她怎么就穿着棉鞋走出去了呢。我和婆婆走到了家门口。婆婆摸出钥匙开门，一粒长圆形的胶囊被钥匙带到了地上。地面有融化的雪水,显得又湿又脏,婆婆慢悠悠地捡起,我一不留神,她已经把胶囊放进了嘴里。

我和婆婆在沙发上坐下。婆婆拿起茶几上的苹果,说:"吃。很好吃的。"我吃了一个,婆婆又递过一个,说:"吃。很好吃的。"看我接过,她嘿嘿嘿地笑了,说:"等下带些菜去,我种了很多菜。"我愣住了。婆婆以往耕种的土地,已然浇了水泥。婆婆没有了田地,自然也没有瓜果蔬菜了,就连冬天最容易种的青菜萝卜,也没有一棵了。

婆婆当了一辈子的农民,14岁就挑起了家庭的重担。作为土地忠诚的守护者,她能做的就是尽她的全力,让我们吃得放心,吃得开心。即使记忆萎缩了,即使进入了人生的冬天,根植于她脑海的,依然是要给我们春天一样盛大的美食。

我回想起大樟树下,那个不停徘徊的身影,蓦然明白,婆婆是在找她种了很多年的田地啊。彼时,雪花落在婆婆的身上。婆婆落在水墨画上。她把自己83岁的生命变成了雪,单纯,剔透,又温情脉脉。

因为,雪的心里,藏着一个春天。

黑白电影

一

"大片上映,您一定要去感受一回。杭州的影院很大呢。"儿子说。正是阳春三月,儿子却穿着一件肥大的羽绒服,一双超大号的拖鞋使他走起来有些笨拙。"妈,走吧走吧。"儿子把两手搁在母亲的肩膀上,轻轻地摇了摇。母亲从来没有去影院看过电影。但她不想去。她的肩膀感受着儿子双手的温度,不忍心拒绝。

影院好大。屏幕好大。母亲有些不自在。母亲当了一辈子农民,她有厚厚的生了很多茧子的手掌,却很少牵儿子的手,即使是在儿子小的时候。她将两手摩挲了几个回合,最终把它们搁在自己的腿上。母亲往左侧歪过头,儿子的脸在屏幕光的照射下,忽明忽暗。儿子的脸胖乎乎的,线条柔和得像他的性格。儿子学习好脾气好,温顺得一点不像他的生肖——老虎。十几年前,家里木柜上的一对铜扣不见了,母亲断定是儿子把它们拆走玩耍了,就打了儿子。几天前,儿子旧事重提:"妈,那对铜扣我真的没拆。"想到这儿,母亲的泪唰地流了下来。

儿子在杭州读大学,每次回家总不忘给母亲带点小东西。有一年,他回家时刚好下大雨,家乡的桥被冲毁了,儿子脱了鞋子闯过河流,到家时已是深夜一点。母亲给儿子下了一碗鸡蛋面条,儿子如同好多天没有吃饭似的,三扒拉两扒拉就把一碗面条连汤带水囫囵下去了。母亲看着儿子的侧脸，想起当时的对话："赶回来吃一碗面条，明天就回校。你这是何苦？""我想家了。"母亲忽然觉得喉咙发哽。她闭上眼，眼前却满是儿子。只是，儿子处在一片黑暗中，让她怎么也看不真切。

儿子一直静静地坐着。他看到电影屏幕上，有位母亲背着个篮子，去深山老林里采草药，连翘、蒲公英、半枝莲、鱼腥草、龙须草、猪苓、芦根、益母草，母亲什么草药都认识。有一回，母亲从岩石上摔下，伤了膝盖和脚踝，却对儿子说："这次运气不错，找到的草药数量多品种多。"

为了生活，母亲把自己累成了一头牛。她什么活都干。下砖窑、运瓮头、拆老房……家里的稻田一种就是十来亩。那时，用的还是脚踩的打稻机，右脚使劲踩，双手要抓牢稻子。某一年，母亲因为疲倦，手松了一下劲，稻草全卷进了锯齿，幸好母亲及时抽出了双手。

看到这儿，儿子的眼眶湿润了。他稍稍昂了一下头，想把即将冲出的泪水逼回去，却不料那玩意儿越发来劲了。儿子只好伸出手来抹掉。在儿子的眼里，这是一场纯白的电影，纯粹而又伟大。

母亲问："好看吗？"儿子说："好看。"他们之间，似乎没有更多的话语。其实，儿子想说："妈，这是我第一次也是最后一次陪您看电影。我的眼里没有电影只有您啊。希望您多多保重。"其实，母亲想说："儿啊，妈什么也看不进去啊。只怪妈无能，救不了你。"

4月，儿子走了。母亲一辈子都忘不了儿子曾带她去看过一场彩色大片。

那天陪家人去上海看病，母亲讲起我弟弟住杭州医院时，硬要请她看电影的事情。走在喧嚣的上海街头，母亲的眼圈蓦地红了。有些伤痛，一直潜伏在心口，从来不曾离开；有些过去，永远无法过去。

西红柿只有一种颜色

一

小时候，我喝得最多的是三种汤。每到七月，我就跟着父母去割稻子。那时的太阳好大啊，不消多久，就能把衣服晒出一朵朵盐渍。那时的稻子好多啊，一眼看去，金灿灿的怎么也望不到边。

忙上半天，吃中饭的时候，没有汤，那是绝对不行的。此时的喉咙已然冒烟，干干的米饭待在嘴里，怎么也不肯下去。父亲会拿过一个大瓷盆，倒入一点酱油，再冲进滚烫的开水。母亲搁上几个勺子，一家人就正式吃开了。父亲喝汤的声音很响，让我无端地觉得酱油汤是夏天的美味。

很多时候，我们喝的是干菜汤。干菜是母亲用自己种的九头芥腌制后晒干的，闻起来有一种咸咸的带着太阳味的清香。直接把干菜放进盆里，倒入滚烫的开水，水慢慢变成了淡淡的酱油色。此时，再加上小拇指指甲盖那么大的一溜猪油，那就是一种奢侈了。

最奢侈的，自然是喝西红柿汤。西红柿，父亲称之为番加。全村人都这么称呼。我一度以为他们把番茄念错了。但这丝毫不影响我对番茄的热情。番茄蹿个了。番茄开花了。番茄结果了。

那小小的果子慢慢长成了乒乓球大小，青青的圆滚滚的脑袋，有的躲在枝叶后，有的大胆地张望着。它们会被母亲切成一小片一小片的，稍稍在猪油里翻炒，再加入冷水煮成汤。当我蹲在稻田里，把裤子的屁股蹲出两只泥巴眼的时候，母亲会说："再使把劲，上午把这块地放倒了，我就做个番茄汤。"于是，体内残存的力气被激发出来。我的镰刀又发出了"割割割"的声音。

清清爽爽的番茄汤，有着青青的番茄，透透的汤，上面浮着一点点小油花。拿起白色的小调羹，轻轻地将番茄汤送到嘴边，鼻子先哧的一声吃上一口，香气就长了脚，跑向身体的角角落落。那一口饭，一口汤，把整个上午的疲倦都赶到了体外。

彼时，我的母亲总是在忙碌。她一会儿拿着那个竹条编的大扫把，打扫灶台边的地面；一会儿拿着猪食，去看望她的两头宝贝猪；一会儿拎个小板凳，在门口择菜准备晚饭的菜肴……干活的间隙，母亲会说："你们把番茄汤都喝了吧。"

母亲总是在我们吃好后，三口两口吃完。很奇怪，母亲吃饭似乎不需要菜，有时她加一点自己做的辣椒酱就完成了一餐。母亲做的番茄汤，一开始我们还会留一点点给她，后来在她的一再要求下，干脆喝得一滴不剩。

多年以后，我来到县城读书，走出了那个山脚下的小村庄。又一次喝到番茄汤，我惊得差点掉了下巴。

城里人一律叫它西红柿鸡蛋汤。红得丝绸般柔软的西红柿，绽放成一朵朵小黄花的鸡蛋，组成了美食搭档。原来西红柿不只是青色的。成熟的西红柿有着火一样的红，吃起来细滑香甜，有着蔬菜的滋味，更有水果的清香。它，成了我最爱熬最爱喝的汤。

前段时间，我看到有文章介绍说，青色的西红柿不能食用。它含有毒性龙葵素。过多的食用会导致胃部灼痛、恶心呕吐甚至抽搐死亡。我说给父母听。末了，还故作幽默地加上一句："难怪我这么笨啊，原来是中毒太深。"父亲低低地说："都怪我们没本事，让你们从小吃苦，还喝了那么多有毒的番茄汤。"母亲接过话头，遗憾地说："早知道有毒，我应该多喝点啊。"

馋嘴父亲

一

都说人老了,就会像孩子一样。可不,七十多岁的父亲简直是个三岁小孩。

那次,我去泸洲游玩,买了当地特产合江荔枝妃子笑回家。这妃子笑,个大核小,汁多味美,母亲直说好吃。不料,母亲才吃了三四个,父亲就把荔枝直接拿到自己面前,一个接一个地吃起来。母亲看了看,走开了。

周末,我决定做母亲爱吃的肉皮冻。我将八角、桂皮、茴香等放到肉皮里,煮到八分熟时,把这些佐料一一挑出来,再加入黄豆、花生、胡萝卜丁、海带丝等。煮好后,我把它们装到白瓷盘里,放进冰箱。

次日,肉皮冻有了结结实实五颜六色的外形,各种配料镶嵌在透明的膏状里,像春日怡人的画卷,看着就能勾出肚子里的馋虫。

"妈,您可要多吃一点。这是我特意为您做的。"母亲夹了一块,眼睛伸直了。"蛮好吃!"等母亲刚夹过第二块,父亲又把肉皮冻拿到了自己面前,说:"好吃就让我多吃一点。"说着,馋猫一样地吃了起来。后来,母亲再没有吃过一块肉皮冻。

看着馋嘴父亲,我突然觉得悲伤。父亲是个农民,也没读过什么书,但他向来很绅士。小时候,有什么好吃的,他都会想办法留着给我吃。对母亲,他一直体贴入微，知冷知热。时光怎么可以让一个人变得如此不体面？想到这儿，我忍不住问道："妈，爸是不是得了贪食症？"

"没有啊。你爸没病，好着呢。你呀，可别多想。"母亲看了看父亲，脸上居然挂着几分欣赏的微笑。这俩老，可真让我纳闷。

晚饭后，我洗了碗经过父母亲的房间，突然听到父亲在说："老陈，你可不能贪嘴啊。医生一再说要管好嘴的。你已经站在糖尿病的临界点了，不注意的话，以后日子就苦了。咱们的身体差了，孩子的负担就重了。"

"哎，不晓得怎么回事，我就是管不住嘴。不过，你一提醒，我就管住了不是？"母亲说。

"荔枝香蕉等太甜，尽量少吃；花生猪皮等油脂太多，尽量不吃。你自己也要记住啊。女儿教书忙压力又大，再让她为我们操心，可不好。"父亲的声音有些沙哑，像旧旧的收录机过磁带，发出生涩的咔咔声，可我觉得，那是世上最美的声音，它足以温暖心灵的每一个角落。

轻轻地走过父母亲的房间，我的内心再也无法平静。我的父亲和母亲都老了，他们像一口即将废弃的井，卧在岁月的尽头。可是，他们心甘情愿地将所有的疼和痛，都收在自己身上。他们爱儿女的心，永远不会废弃，不会老去。

砚遇

一

女人一看到这方砚,眼睛就直了。她忍不住拿起来,细细端详着,抚摸着。砚台上有一行小字:怀盈玉宇碧波潭,容衔乡间黛远岚。女人流泪了。怀盈,女人的女儿,就叫怀盈。

女儿从小就爱玩毛笔、宣纸,砚台。高三那年,所有的学生都在拼命做试题,女儿却在周末回家时,拿起墨条,在砚台上蹅啊磨,把女人的心磨出了熊熊烈火。当别人都在跑步,你还选择不紧不慢地行走,这不是倒退吗?这不是不给自己一个好的未来吗?

终于有一天,女人把毛笔扔了,把宣纸踩了,把砚砸了,但也把女儿的心砸出了一个洞,洞里结着冰,厚厚的。后来,女人和女儿的关系一直没有解冻。女儿去了外省的一所学校念大学,离家远远的,离女人远远的。

夜深人静,女人更加想念女儿。她常常以"如果"为线头,拉扯出事情可能的多个走向,然后在长长的线团里跌跌撞撞,缠缠绕绕。

老板,多少钱?

不好意思,这方砚不卖的。

为什么?

是小儿的习作,还不成熟。

我很喜欢，请你把它卖给我好吗？我想送给我的女儿，她的名字就叫怀盈。女人几乎祈求了。

这……店主为难了，想了一下说，我问下我儿子。

好，谢谢你……女人的心扑通扑通的，额头上沁出了汗珠。

店主挂了电话，微笑着说，你拿走吧。我儿子说送你了。

女人喜出望外，如获至宝地把砚台带回了家。

"盈，你还好吗？"女人颤抖着手给女儿发去了微信。然后发了那方砚台的相片。女人还把那行诗拍成特写，单独发了一张。

许久，许久，没有动静。虽然这已经是常态，但女人的眼睛还是舍不得离开手机，直到手机自动休眠，女人才长叹了一口气放下。

"叮咚……"这声手机提示音就像天籁之音，女人慌忙再次拿起手机。是女儿。女儿发了三个亲吻的表情。女人的心温暖无比，她仿佛听见了冰块消融的声音。

女人不知道，此时她的女儿也已经泪花闪闪。那行诗，是她在一次采风后随手写的。她没想到居然被人刻在了砚台上，来到了母亲身边。

这年暑假，女儿破例回家了。她的身边，站着一位斯文的男生。男生羞涩地说："那砚台是我刻的。"

奶奶的玉簪子

一

奶奶的玉簪子不见了!

那个玉簪子,是当年奶奶的爸爸送给妈妈的定情信物,奶奶一直视之如命。每天早上,奶奶再忙都会把发髻梳得一丝不乱。玉簪子被奶奶摸得日益剔透,散发着温润的光。它安安稳稳地插在奶奶的发髻上,就像奶奶平静的生活。丢了玉簪子,就是丢了奶奶的命。奶奶终日愁眉紧锁。

爷爷帮奶奶找了这头翻了那头。"咱们眼睛花了记性差了,还是叫儿子找吧。小时候,他找东西可机灵了。"奶奶茫然而凄切的眼神,让爷爷心痛。爷爷想不出别的法子,就几次三番地给父亲打电话。父亲回家了。

见到父亲,奶奶的眼泪唰地下来了。父亲宽慰道:"妈,玉簪子会找回来的。"

奶奶拉住父亲的手,就像拉住了救命稻草。奶奶的眼神一遍遍地抚摸父亲,生怕他会长了翅膀飞走。父亲让奶奶好好回忆,回忆玉簪子没有前,自己去过哪些地方。

父亲跟着奶奶来到了田野。田塍上,奶奶种的扁豆开花了,它们仰着小鸟一样的嘴巴,好像在和奶奶说话。奶奶轻轻地碰了碰它们的小脑袋说:"两天不见,又长大了。"父亲蹲下身,拨弄起扁豆。也许奶奶和扁豆聊天的时候,玉簪子掉了下来。奶奶看着父亲的侧影说："小时候，你不爱吃扁豆，却爱画扁豆花。我就买了个大花盆，把扁豆种在家门口。"父亲哦了一声，直起身来，看着扁豆花，似乎想起了久远的时光。

迈进菜地，一畦畦的菜好热闹呀。它们被奶奶伺候得像她的发髻一样，整整齐齐，乖巧听话。奶奶带父亲来到空心菜前。奶奶问："还记得那个空心菜的故事吗？"父亲站在陌生的土地上，拨弄着和他生分的空心菜说："记得记得。狐狸精妲己在纣王面前进谗言，要宰相比干挖心表忠诚。比干临死前，姜子牙给了他一道符，教他挖心后，将符贴于胸口，立即策马飞奔，不要回头，即使无心也不会死。比干照做了，没想到中途遇到一个妇人，在叫卖空心菜。比干好奇地一回头，立刻摔下马死了。"

奶奶点了点头，说："小时候，你最爱看小人书。"奶奶老了，也许，她只想陷进回忆，徜徉旧时光了。

奶奶又带着父亲来到了老房子。老房子并不住人，但奶奶还是经常要去走走。二楼放着奶奶的织布机。这些年，奶奶并不用它了，可她还是经常要上去擦拭一番。父亲埋头细细地查找，织布机的上上下下、角角落落都不能放过。奶奶在一边絮絮叨叨："咱们东阳的土布很有名，你以前盖的荷花被就是我在这儿织的。"父亲不由得感叹道："想不到一晃就这么多年了。"

在织布机边上，父亲发现了一个樟木箱子。箱子一尘不染，铜环上还泛着光，显然是有人经常要打开它。玉簪子会不会遗落在里边了？父亲打开了樟木箱，他的眼睛突然定住了。

他看到了什么？一只已经缺脚的弹弓、一个早已褪色的风车、一叠发黄的小人书……还有涂鸦着很多扁豆花的画。

奶奶正要开口，父亲抢了先："就是用这只弹弓，我打破了人家的玻璃。是您带我登门道歉，还给人家装上了玻璃。这个风车，是有一次赶会场时看见的，我很喜欢，您就省下了自己的午餐钱……"父亲说着说着，眼睛有些发涩了。

父亲闭了闭眼睛，稳了稳情绪，继续翻找。他的眼睛又一次定住了。他看到了什么？一只玉簪子！一只剔透的玉簪子！奶奶的玉簪子就这样被父亲找到了。奶奶的精气神儿全回来了。

如今，当奶奶和我讲起这个故事，我总是问：玉簪子怎么会掉在樟木箱子里？为什么以前找不到？奶奶总是笑而不语。一旁的父亲搔了搔头皮，说："那时，我已经三年没回家了。"

所有的素朴，都通向美好

一

我是农民的女儿。每当有人要我介绍自己，我总是这样说，语气里是他人无法理解的自豪。

小时候的我，是个自卑的孩子。贫穷的家境，普通的长相，让我的内心长满了衰败的杂草，像家门口池塘边的石板，粗糙，卑微。可是，日子久了，走的人多了，粗糙的石板也有了光亮。小小的我，在农村灰土地一样贫瘠的时光里，透过一扇素朴的窗户，慢慢地读懂了生活这部大书。

这扇窗户，就是我只读过一年小学的父亲。夏天的傍晚，天边烧着一大团火红的云。我和几个小伙伴站在池塘边打水漂。有的小石头能一下子滑出很远，像一只鸟儿呼啸而过；有的能扑扑扑地开出几朵纯白的花儿。而我，迎来的是一次次的失败。我甩出的石头一落入水里，就咚的下沉，不肯向前蹦出哪怕两个小水花。我越来越心急，拿起一块尖薄的石头，拉开弓步，将右手臂狠狠地甩上几圈，再将石头抛出去。谁知，在我甩圈的时候，石头从我的手上逃脱，一直往后面飞去，只听得"哐啷"一声，世界突然安静了。

我打破了村里某户人家的玻璃！这家的主人爱喝酒，整天瞪着铜铃一样的眼，骂骂咧咧的，我们小孩子都特别怕他。想到这儿，我飞也似的跑了。我跑进田野，东躲西藏。暮色四合，天空像女巫的衣裳罩了下来。我蹲在一个稻草蓬后面，像只小猫，找不到庇护所。不知过了多久，父亲突然出现了。他心疼地拉起我的手说："没事，没事，有我呢。"

次日，父亲卖掉了家里的那只芦花大母鸡，自己当小工，小心而笨拙地给人家装上了新玻璃。父亲用他的行动告诉我，出了事情不要逃避，再怎么难，都要去面对，去解决。

我的弟弟从小体弱多病，家里债台高筑。父亲母亲不停地做苦力活，希望能让借钱的次数少一点。半夜时分，当我还在梦乡里的时候，他们已经推着瑟瑟寒风中挖的藕进城去了。有一段时间，他们天天深夜去拉瓮，拉到几十里路外的一个地方，赚一点可怜的脚力钱。炎热的夏天，他们钻进那个热得冒火的窑洞码砖头。一趟又一趟，把自己烤得像咸鱼干。

有一年，弟弟送医院前，父亲向邻居借了20元钱。后来，父亲把钱还给了人家。可是，邻居年纪大了，犯迷糊了，事后又向父亲催要20元。当时，我很着急，要父亲说明真相。父亲说："不行，老人家会内心不痛快的。再还一次，给人家一个心安。"

我17岁那年深秋，村里来了一帮弹棉花的手艺人，拖家带口风尘仆仆。父亲腾出一间屋子，收留了他们，让他们在我家弹棉花，还无偿提供食宿。父亲自己曾经做过货郎，对那些走南闯北的人，他总是发自内心地敬重。送信的，卖扫帚的，钉秤的等，都得到过父亲的援助。

声声弦响，片片花飞。弹起的棉絮钻进窗户的缝隙以及屋檐的角角落落，我们的房子被棉花飞得满屋狼藉。父亲却欣慰地说："生意不错。"不料，两星期后，这帮弹棉花的手艺人没打招呼就走了。父亲一看，他们顺走了我们家值钱的东西，连我爷爷在世时留给父亲的几个瓮都捋走了。

遇上这样没良心的人，我感觉自己的心受伤了。"爸，以后不要这么好心了。"我颇有些愤愤然。要知道，我家经济拮据，这样一来无疑雪上加霜。我盼望了很久的新衣突然没了保障，而弟弟治病更是一笔流水一样的花费。"这样的人毕竟是少数。"父亲拍了拍我的肩膀说，"再难的日子，挺挺也就过去了。"

父亲的言行，素朴得像田野上随处可见的狗尾巴草。可是，在我成长的时光里，它们是我眼中最繁华的景致。它们像一扇善良的窗，帮我推开一个又一个美好的日子，生长出一丛又一丛苍翠的希望。

后来，每当我遇到困境，被人误解，遭遇伤害，我都会想起父亲，想起这个两岁没了妈，没读过什么书的农民。感谢他带给了我悲悯的情怀，以及对这个世界的悦纳。

如今，我很庆幸自己能以作家的维度来感知生活，庆幸自己有通过文字不断传递温情的热情，庆幸自己的心在时光的磨砺下，依然素朴澄澈。

老爸的讲究

一

从小,我就觉得老爸是个怪人。他的讲究实在太多了。大清早不能说不吉利的话;吃饭时筷子不能搁碗上或者插饭的中间;睡觉时,如果有陌生的声音叫你的名字,千万不能答应……这一套套的讲究估计都可以出一本教科书了。我最讨厌的是他对鞭炮的痴迷。逢年过节或者上坟祭祀,必须放鞭炮,而且是越响越好。

小时候的老爸,家里穷得叮当响,但一到过年,爷爷第一时间准备的就是鞭炮。爷爷说,有一种叫作"年"的怪兽,每到腊月三十,便会挨家串户,残害生灵。只有啪啪的鞭炮声,才会把它吓跑。放鞭炮,能驱除晦气,迎来喜气。

老爸接过了爷爷的接力棒,也接过了这份执念和讲究。每到年三十,老爸就像打了鸡血,一盒盒鞭炮整整齐齐地码在门边。晚饭前是谢年,老爸拿出鞭炮,点响其中的一盒。只听"噔"的一声,鞭炮蹿上了天,老爸平视前方,似乎在等待着什么,也就一秒钟的工夫,一声"哐"传来,老爸笑了,道:"第一炮是双响炮,很吉利。"偶尔,会遇上鞭炮闷声闷气地只响了一下,老爸就会绷着脸。不过,老爸马上又笑盈盈的,点起香烛,说一些祈福的话。

到了新春交接时,老爸定然要放鞭炮。这叫开门炮,预示着一年的吉祥如意。彼时，是三十夜子时，我正在睡梦中，就听到了老爸放鞭炮的声音。噔——哐，噔——哐，那声音似乎在述说着老爸对新的一年澎湃的热情和幸福的憧憬。

年初一，老爸带着我们去上坟。鞭炮自然是要隆重上场的。老爸说，龙脉保佑着，能让子孙做大官呢。龙平时是睡着的，放了鞭炮才能把它叫醒。

我一看老爸摆出了鞭炮，就赶紧跑出几米远，捂着耳朵，转过身子。石色苍苍，松骨铮铮，我只感觉鞭炮的声音像战争片里的冲锋陷阵时刻，那震耳欲聋的声响突然从屏幕里跑出来，跑到这个原本静谧的山谷，一个个挂在树枝上，久久地回荡着，不肯离去。每次上坟回家，我都觉得耳朵不舒服。但老爸初心不改，他似乎在鞭炮声里找到了心灵的慰藉和归属。

去年，老爸突然不放鞭炮了。当别人家远远近近地传来"噔——哐，噔——哐"的声音，他看起来居然有些平静。这让我百思不得其解。老妈告诉我："小舅妈得了肺癌，医生说空气污染是罪魁祸首。电视里还播出过一个新闻，有一小孩被鞭炮声震坏了耳朵，再也听不见了。噪声也是污染呢。"

我还是不相信。我的老爸，能轻易改变几十年来的讲究？一日，我逮着机会问老爸："不放鞭炮了，怎么赶跑怪兽，怎么把龙震醒，怎么让祖宗保佑我们？"

老爸似乎被问住了。半响，他才说："其实，规矩都是人制造的。天上不如地上大。"老爸讲得似乎有点深。不过，我懂他的心意。

听说今年很多地方已经明文规定不许放鞭炮了。老爸得知消息，点头道："国家禁止放鞭炮最英明。环境污染少了，日子才能真正吉祥如意。"

我的第二个爸爸

一

18年前,我第一次见到他。秃顶,大眼袋,还有一个大肚子。我没来由地害怕他。他嗓门很大,似乎总有很多道理能讲。听说,他退休前是杭州玻璃总厂的工会主席,平时最爱搓麻将,整天待在村老年协会。这样的他,让我少了亲近他的勇气。

16年前,我儿子两岁。假期去他那儿,他忙着买菜炒菜,每个盘子的菜都堆得像小山一样,只有五个人,他却做了十个人也吃不完的菜。告诉他烧多了浪费,吃撑了对身体不好,他笑笑,依旧我行我素。他做鱼总喜欢加糖。在杭州工作几十年,他习惯了吃甜的鱼。他特意把鱼放在我面前,我动了一筷,就不再吃了。从此,厨房里的白糖消失了。

我儿子喜欢去田野奔跑,去小溪玩耍,回家的时候,他会把我儿子换下来的鞋子,用布擦洗得没有小泥点。鞋底满是防滑的格子,他拿根小棍子一个格子一个格子地抠出泥巴。

14年前,每天都有老人来家里找他。村里的沙场要卖沙,他是老年协会会长,负责安排和登记等事务。老人们叨叨着,那些闲话和烦恼事总找他说。沙子卖了几车,发生了什么小插曲,往往能说上很久,他总是很认真地听着,记着。有时闹出不愉快的事情,他又要出面解决。有几次,他在厨房忙碌,拿着锅铲听老人说事，把菜烧成了煤块。老年协会琐事多，他亲力亲为，贴钱贴力气，却乐呵呵的不嫌麻烦。

12年前，有人找到他，说是他儿子的同学，向他借钱说要造房子，他二话没说，把钱掏给了人家。过了几天，那人又上门去，他把辛苦积攒的钱都给了对方。这期间，他儿子给他电话，告诉他，那人不靠谱，不能借。他没听，觉得有困难肯定是要帮的。后来，那人为躲债玩失踪了。他似乎并没有太多的懊恼，虽然他的日子过得并不宽裕，家里的电风扇还是从这屋搬到那屋地用。

每有乞丐上门，他总是给钱给物。有一次，他给了人家50元，那人一感动，扑通跪下了，他心头一热，又掏给人家50元。他没有土地，一人多高的杂草清理了很多天，甚至为此脑出血住进了医院，才辟出了一块地，种点青菜萝卜。有村里的暂住户向他讨地，他马上分了一半给人家，似乎完全忘了这块地得来不易。

5年前，村里要做村谱，他居然又是牵头人。为了求真求实，他的腿跑遍了全村的每一家，查资料，核实记录，催照片，打长途电话，他忙碌得没空喝水。他的楷书方方正正，如群蚁排衙。一张长长的白纸上，是他一手绘写的图文，像一棵根系发达的树，长出很多枝丫，只是那些枝丫是逐层分布的。

"谁是严家第几代孙。一看就很清楚。"他很是自豪地说。他还给我儿子取了个辈分名，叫大盛。我儿子说这名好，有齐天大圣的气派。他乐了，两只眼袋似乎变小了。村谱非常厚重，红红的封面，装在红红的匣子里，他很郑重地交给我儿子，仿佛完成了一个历史使命。

2016年的深秋，我照例给他买了冬衣。每次，他都会说，衣服很多，不用买。然后，高兴地接过，很听话地试穿给我们看。可是，这次，他说："别买了，都是要烧掉的。"我的眼泪莹然而出。

他，84岁了，是个癌症患者。一知道病情，他就嘱咐我们谁也不要告诉，他不希望打扰别人。他一个人跑杭州医院,一个人和疾病默默抗争。他像个勇士,像个老革命,在突然而至的厄运面前,泰然处之。他依然在为老年协会奔波做事,依然为家里操心忙碌,依然要烧上一大桌子菜迎接他的儿子女儿们。

11月,东阳电视台播出了《作家老师王秋珍》专题。他看了非常高兴,非要给我一个红包。我怎么也不同意。他拉下脸来,做出很生气的样子。直到我同意收下,他才放下心来说:"再接再厉,再接再厉。"

他,是我儿子的爷爷,我的第二个爸爸。如果我有一个许愿瓶,我会请求神奇的瓶子赐给他健健康康的身体,让他给这个世界和他的家人留下更多的温情。

种春风的父亲

一

父亲是个固执的人。一直以来,父亲做事有他自己的逻辑,脑瓜子顽固得像溪底的大石块,任水怎么冲刷,都兀自不动。

小时候,我经常跟着父亲去菜地。父亲种土豆就像解数学题,一步一步,不敢有丝毫马虎。地要一锄头一锄头地深锄,草要一棵一棵地铲除。土豆下坑后,他还会用手把泥土掰松软,轻轻覆盖在上面。

这样的节奏,我自然是不屑的。这个时节,很多人家在种土豆,但他们不用花父亲一半的时间。你看人家,根本不锄草,有的直接用除草剂,有的用塑料薄膜覆盖在整垄田地上。一眼看去,土地白花花的一片。只需过上一段时间,浅绿色的土豆叶子就会冒出来,宛如一个个绿色的纽扣系在白亮亮的衣服上。

那天,父亲又在菜地忙活,邻居李婶走过,冲着父亲喊:"你这方法落伍了!老要拔草,不嫌烦啊。"父亲很认真地说:"土地就是用来伺候的。"

我很不满意父亲的回答,咕哝道:"就你力气多,时间多。"父亲直起身,说:"人往大处看,鸟往高处飞。如果你只盯着眼前的利益,就会把事情办砸了。没有一块土地,喜欢塑料、除草剂这类东西。"

收获的时节翩然而至。父亲的脸上也像他伺候的土地一样舒展着枝叶。父亲种的土豆，一个个圆滚滚的，匀称，饱满。李婶家的土豆却像一个个疙瘩，长得奇形怪状的。一团团泥土嵌在凹陷的缝里，李婶用手指一边抠一边说："土地也会欺负人。"

父亲种的土豆产量高，家人吃不完，父亲总是会送一些给村里的老人。我难得回到乡村，老人们见到我，总是热情得像开水一样咕咕冒泡。"你爸很能干，他种的菜，特别好吃。"听着这样的赞美，我的脸上咕噜噜地开出花来。原来，我固执的父亲如此值得我骄傲。

父亲种的丝瓜，从初夏到深秋，怎么也吃不完；父亲种的辣椒，一串一串，就像红红火火的日子；父亲种的芦笋，是全村的唯一。李婶、王伯、周叔他们都羡慕父亲种出了粗粗壮壮的芦笋，向父亲要了苗去。奇怪，就是没有一家能种活。很多人为此纳闷，觉得父亲生就一双神奇的手。

那天，当我也夸奖父亲有一双好手时，父亲说："不是我的手特别，是土地有感情。"父亲的眼睛看着远方，似乎在眺望他的土地："如果我们喂了它不喜欢吃的东西，土地就会生病；如果我们真心待它，土地就会给我们惊喜。"父亲不是名义上的环保卫士，但他用自己的行动给了土壤本真的状态和蓬勃的生命。

春风习习中，我仿佛听见了三毛的那首老歌："每个人心里一亩一亩田，每个人心里一个一个梦，用它来种什么，用它来种什么，种桃种李种春风……"是啊，梨花院落融融月，柳絮池塘淡淡风。如此静好的生活，离不开无数个像父亲一样固执的人。他们的坚守，像一畦畦肥沃的土地，在我们的心田，种下桃李和春风。

就要这样宠着你

一

"让我尝一口蜜吧,让我尝一口蜜,我宁愿去死。"这是俄国诗人莱蒙托夫的两行诗。我觉得这是写给我的。只是,蜜要改为另一种美食。

小时候,最喜欢的季节是冬天。冬至过后,母亲就会请人把喂养了10个多月的猪杀了。在吃了猪血豆腐后,我还有一个能天天看见的念想。母亲会选一只猪后腿腌制。母亲将猪腿凉透后,将炒过的盐撒在猪腿上,一直搓,搓得白白的盐一点一点渗进去。

我像个母亲的跟屁虫,一直站边上看。"妈,什么时候能吃?"声音巴巴的,似乎好几年没沾肉星。在我的记忆里,家里总是缺钱,母亲常常这家几元那家几元地借。平时,母亲经常在酱油里冲一些开水来下饭。"我的小馋猫,很快就能吃啦。"母亲说着,将猪腿放进大缸里,盖上缸盖。

是的,日子再怎么困顿,母亲都会留一只猪后腿来腌制,给她的孩子满满的期盼。正如威廉·华兹华斯所说:"岁月给母亲忧愁,但未使她的爱减去半分。"三四天后,母亲就会在猪腿的边缘割下一小块肉来。母亲说,这叫出缸肉,可香呢。

真的好香啊。肉还在锅里翻炒,我的胃已经有大动作了。母亲好像听见了我的呼唤,夹起一筷子,吹了吹,就递到我嘴里。邻居走进来,恰好看见了,说:"这么宠啊,宠出鼻涕虫了。"母亲微笑着说:"也难得宠一宠啊。"

这样一来,时间就像长了翅膀。转眼就半个月了,母亲又用盐把猪腿搓了一遍,盖上缸盖。一个月后,母亲将已经切去了一边的猪腿起缸,拿到池塘里刷洗,一直洗到摸不到一点点盐渍为止。

母亲将猪腿用一根麻绳拴起,挂到屋檐下能晒到太阳却淋不到雨的地方。此时天气寒冷没有讨厌的苍蝇光顾,猪腿就这样一天天地被朗照着。猪腿的颜色慢慢地由白变红,一滴滴油无声地淌下来。母亲就在正对着猪腿的地上放上几张报纸,边上用碎瓦片压住。

此时,母亲的作品就叫火腿。"金华火腿在东阳,东阳火腿在上蒋。"母亲叨叨着,好像她是上蒋人似的。不过,我相信母亲做的火腿一定不会逊色于上蒋火腿。

春笋火腿汤便是母亲的拿手好菜。母亲将新鲜的春笋剥皮切块,在加了盐的水中焯三分钟后捞出,然后将红嫩嫩的火腿肉切成薄而宽的片状,在白水里烧上一会儿,再倒入春笋煮。不需要别的调味品,原汁原味的春笋火腿汤,鲜得能酥掉舌头。

岁月倥偬,如今的母亲再也不养猪了。没有火腿盼望的冬天总是少了味道。前段时间,我专门请朋友精选了一盒火腿。打开来,是那红嫩嫩的火腿心,每一块方方整整的,用塑料纸真空包装着。

"妈,快来尝尝。"我夹起母亲最爱的火腿炒辣椒,吹了吹,小心地送到母亲的嘴里。"老妈也该宠一宠啊。"我笑着说。母亲砸吧着,点着头,一副幸福的模样。

这份火腿带来的丝丝温情,倏然间穿过时光的针孔,如冬阳般笼罩全身,那么和暖,那么温煦。

老爸的镬灶

一

"没有镬灶,冬天怎么过?年怎么过?"老家的房子做了彻底改造,一切看起来亮堂堂簇簇新,老爸却有些失落。

原先垒镬灶的地方放着照得出人影的煤气灶,欧式油烟机显得雍容华贵,老爸却皱着眉头说:"火一关,锅就凉,这玩意哪里比得上镬灶呢?"

以前在老屋里,老爸请人垒的镬灶,很有些气派。它挺立在屋子的西北角,有大大小小三口锅。小的炒菜,中等的烧饭,最大的煮猪头等大食材。每到冬天,我就恨不得整天围着镬灶转。刷着白石灰的镬灶墙暖暖的,把身子靠在上面舒适又安全。几口锅之间有一个装水的铝罐,还有一个围着中等锅固定好的铜带。只要一起火,铝罐里的水就会慢慢变暖,老爸会舀出水让我们洗手泡脚。铜带里的水到一定的时候会发出噗噗噗的声音,老爸就会把它们装到热水瓶里。老爸烧饭的时候总爱搁一个炊馃帘,用来蒸菜。等饭发出香味时,锅底还会传来毕啵毕啵的声音。老爸说:"再添一小把稻草,锅巴就又香又脆了。"

当然,最吸引人的是灰膛。平日里,镬灶烧的都是稻草,经常要用火锹退灰。但一到冬天,添火的往往是硬木柴。几块木柴搭空,火熊熊燃烧,看着舞动的火苗,整个人都感觉暖暖的。等到火过了,老爸就把红红的炭装在一旁的炭瓮里。等它们凉透了变黑了，就成了生火取暖煨美食最好的材料。

冬日的灰膛，总是埋着宝贝。老爸把火退到灰膛里，把自己种的带着泥土气息的食物埋进灰里。有时是番薯，有时是毛芋，有时是玉米。等到满屋飘香，就可以拨开灰，翻找美食了。

自从我犯腰疼，老爸的灰膛更是成了宝地。老爸切开猪腰，把杜仲放进去，再用粽叶一层层包好，埋进火红的灰膛。有时，我耐不住性子，早早去翻开来，猪腰软塌塌的，没有熟透，只好又埋回去。有时一走开就忘了，猪腰又变成黑乎乎的炭了。慢慢地，老爸琢磨出了大致的时间，总能恰到好处地翻出刚好熟透的猪腰。

前几天，老爸从乡下打电话给我，嗓门好粗好大，听起来情绪高昂。自从老爸得了脑梗塞中风和帕金森，说话早已口齿不清，走路也跌跌撞撞。听了半天我终于明白，老爸买了一个镬灶，一个装了轮子能移动的镬灶。

见到这个新式镬灶时，已是傍晚。一个简单的镬灶出现在家门口的水门汀地上。镬灶边上，居然放了一小堆劈出来的木条。镬灶很小巧，只有一口锅。灰膛小小的，还装了门。"锅巴又有得吃了啊。还有，今年过年，可以买一个猪头煮啦。"老爸边往灰膛添木块边自豪地说，"最重要的是，下次给你煨猪腰，又有木炭了。你的腰好多了，这里有镬灶的功劳吧？"

老爸说着就笑了。灰膛里，架空的木条在噼啪作响，缎面一样的火叶子跳跃着，升腾着，发出呵呵呵的笑声。那声音，把老爸沟壑纵横的脸笑出了一团喜气。

我的老爸，他想念的哪里只是镬灶，分明是时光里那满满的爱与温馨啊。

10米的距离，就是家乡

一

小时候，我特别迷恋一种植物。它那么美丽，那么自在，让人想起天上的仙女，穿着雪白的衣裳，想去哪儿，就去哪儿。可是，我没有翅膀，无法飞翔。

母亲整天只知道干活，像男人一样拉瓮、下窑、打稻，从来没有牵过我的手，更没有说过一句暖乎乎的话。一旦成绩不如她的意，母亲就叨叨不休，让我烦不胜烦。

我只想以后有一天，能离开家，离得远远的。我的小姑妈远嫁桐乡。父亲说，小姑妈使筷子，手抓得特别远，难怪要远嫁。我就一次次调整拿筷子的姿势，让手指头离筷尖远远的。好几次，菜从我的筷尖滑到桌上。更多的时候，吃着吃着，手指不知什么时候已经移到了前方。

后来，我到邻县义乌读书，同学来自各地，有人告诉我："东阳是个好地方。"我想了整整一个月，也不知道它好在哪里。那时，有学长是内蒙古人，邀我假期去玩。终是没有去。因为我听说那里的酒是推不掉的，那里的肉要生吃。我的胃像一个固执的拉钩，一直拉着我。

每去一个新的地方，出发前，我都会兴奋得难以入眠。可一旦抵达，我又想着尽早回家。每次吃大餐的馈赠，都是胃的疼痛。慢慢地，我对面条有了偏爱。到哪都喜欢点面条。杭州的面条,有面粉的生味,配菜和面条似乎是仇人,无法融合。上海的面条总有一种甜滋滋的感觉。北京炸酱面粗糙得无法入口。

我极力告诉自己,别忘了儿时的梦想,远方才是我的归处,我应该像蒲公英一样飞得很远很远。可惜我的胃太真实,它毫不掩饰自己的感情。我不得不承认,我最爱的还是家乡,还是母亲的手擀面。清清爽爽的面,清清爽爽的汤,红红绿绿的菜,无论从哪个角度看,都是一幅美丽的画。只需看上一眼,馋虫就会顺着唾液爬出来。

成为妻子后,我依然隔三岔五地要吃一碗母亲的手擀面。在时光的流转里,我似乎忘了儿时隐秘的向往,嫁给了东阳人。我和母亲,和家乡,一直没有远离,就像蒲公英的种子。

小时候的我,以为蒲公英最喜欢乘着风,飞得远远的。后来我才知道,99.5%的蒲公英种子落在距离"父母"10米左右的地方。因为10米的距离,就是母亲,就是家乡。

我,就是一株家乡的蒲公英啊,再怎么展翅飞翔,都不愿意飞出那个暖胃又暖心的距离。

母亲的三角叉

一

"晚上我给你做三角叉吃。"我一回家,母亲就有些神秘地说。三角叉,母亲不会做的呀?我狐疑的目光停在母亲身上。只见母亲的手和衣服下摆全白白的,连头发都覆上了一层白霜。"做三角叉要先把番薯粉碾碎。番薯粉很大块,费时间。我干脆多碾一些。"母亲又埋头碾了起来。

我这才想起,几天前,在朋友的宴会上,我吃到了一种叫三角叉的东西,滑滑的,里面有肉馅,外层用番薯粉和毛芋做成,形状呈三角,很好吃。回来后,我就和母亲说了。母亲问了一遍又一遍,最后说:"我还是不大清楚,不过可以慢慢试。"晚上,母亲在厨房里忙开了。

小小三角叉,却像一个大工程。揉面皮、剁肉馅、包三角,繁复的步骤像看一场没有情节的电影,枯燥,冗长。我想帮衬一把,母亲却笑笑说:"你工作忙,还是多歇歇。再说,我也是在尝试,不一定好吃呢。"说着,母亲给了我一个背影,好像怕我上去抢她的活似的。看着母亲孱弱的身影,往事像海浪拍岸,一浪一浪漫过我的眼睛。

小时候,家里很穷。我的小脸尖尖的,像削了两刀。母亲听说粥皮有营养,每次都把整锅的粥皮事先用筷子掀了留给我吃。有一次,母亲在路上捡到了一颗花生。那时的花生可是金贵的食物。母亲顺手把它藏在口袋里,准备到时给我尝尝。可是，小小的花生躲在口袋一角，再加上母亲忙碌，直到很久以后才被发现，彼时，花生已经发芽了。为此，母亲很是自责。

长大后，我一人在小城工作，经常忙得脚打后脑勺，不及时吃饭是常有的事。有一次，我头昏眼花，一头栽倒在办公室。想不到第二天，母亲就出现在我面前。母亲拎的一个个蛇皮袋把我的客厅一下堆得没有下脚的地方。"这是我种的莴苣，绝对不打农药的。只是还太小。这袋是黄豆，也不知道你们城里能不能换豆腐，不能换也没关系，猪蹄炖黄豆营养也不错……"

原来，我的一位同事偷偷地给我母亲去了电话，母亲听说我"虐待"自己，二话不说，就把家里正长膘的金华两头乌廉价卖了，把田地分给邻居种，把一些菜收割了就急急赶来了。

母亲是个农民，一辈子没有离开过她乡下的小院和她种了几十年的田地。我大姨帮儿子带孩子去了城里，经常向母亲抱怨："城里人鼻孔都不通气，好像人家欠他们似的，也没有邻居，待在鸽子笼一样的地方，再健康的人都会生病。"当时，母亲附和说："鼻孔不通气，这日子可怎么过呀？"

可是如今，一天都离不开土地的母亲，为了她的女儿，竟然主动奔到这鼻孔不通气的地方来，操心起女儿的饮食。

"妈，您坐一下吧。"我搬过一把小圆凳。母亲的身体像生锈的机器，糖尿病、高血压、脑梗塞都找上了她，医生每次都嘱咐要多休息。

"没事没事，坐下来干活，太不顺手。你去看会儿书吧，等下就好了。"说着，母亲用右手肘抵了一下我，把我赶出了厨房。

没过多久，母亲把一碗长得有些笨拙的三角叉端到了我面前。"第一次做，超难看，也不知道好不好吃。"母亲坐下来，端起上身，很认真地看着我，等待着我的评判。

我狠狠地咬了一口，韧韧的皮软软的馅顺着我的嘴、喉咙，一直抵达一个叫胃的地方。"好吃！"说话间，我又咬了一大口。馅有点咸，皮有些糙，但我怎能辜负母亲的美意呢？"慢点吃，别烫了。"母亲端起的上身终于松了下来。

慢慢地，母亲的三角叉越做越好，越做越多。那天，我发现冰箱最大的那间冷冻室全是三角叉。"妈，不用做这么多，咱俩吃不了。"

"我是给邻居做的。"母亲笑着，取出几袋三角叉，说，"来，给他们送去，让他们尝尝爱不爱吃。"

"可是，我们从来鼻孔不通气的，我可开不了口。"我表示为难。"总有第一次呀。去吧。"我几乎被母亲推着出了门。我惴惴不安地叩响了邻居家的门，没想到门后是和我一样真诚的笑脸。

如今，我和邻里互相帮衬，每天都特别开心。前段时间，我们还发起了邻居节活动。活动现场，母亲展示了她包三角叉的手艺。母亲的笑容像青菜花一样绽放，素朴无香，却是那么温暖人心。

是啊，我的农民母亲，没有轰轰烈烈的大道理，却用她的三角叉，温暖了我的胃，打开了人和人之间的门。

傻傻的母鸡

一

那年,不知谁把一只鸭蛋放到了母鸡孵的鸡蛋里,等我发现,已经过去好几天了。小鸭同小鸡一起孵化,会孵化出一个怎样的结局?

"鸡鸡鸡,二十一;鸭鸭鸭,二十八。"21天后,小鸡出壳了。虚弱的母鸡却还坚守着自己的窝,因为里面还有一个不一样的蛋呢!只见它匆匆照料喂食完已经出壳的小鸡,随后就飞速回到窝里,把自己不多的体温传递给这个迟到的孩子。

小鸡们开始了啄食、奔跑。母鸡总是咯咯咯地温柔叫唤着,不许他们走出她的视线。小鸡玩上一会儿,就纷纷钻进母鸡的翅膀,有的还调皮地站在她的背上。

一天又一天,母鸡乖乖地蹲在窝里,圆圆的小眼睛闪着淡定而执着的光。我担心母鸡体力透支,想用美食诱它跳出来,它却稳如磐石。我只好去抱她。抱她的一瞬间,我的手仿佛遭到了欺骗。我的母鸡,怎么变得这么轻了!这么长时间的坚守,她的吃喝虽然被我精心照顾,可她每次都吃得草率匆忙!你看它,急急忙忙地吃着玉米,没两分钟,就又蹲回到窝里去了,好像那是她最神圣的岗位,不可寻找理由离开。

第七天终于到了。我和儿子眼睛一眨不眨地盯着母鸡。"妈妈,母鸡会不会不认小鸭子？"儿子稚嫩的童音把我的担心发酵了。说话间，只见母鸡的翅膀轻柔地舒展了一下，鸭蛋破出了一个小口，慢慢地，小口子越来越大，一只湿漉漉的小鸭子诞生啦。母鸡的脑袋向小鸭子伸去。是要鉴定孩子的身份吗？是要赶走这个野孩子吗？我的心一点一点地揪紧，却见母鸡柔柔地用脖颈摩挲着小鸭子难看的绒毛，好像在说："宝宝，妈妈终于盼到你了。"

小鸭子的嘴扁扁的，不像小鸡啄食方便。他迟了七天出生，虽然体型比较大，但还是稚嫩了很多。母鸡带着它的一群孩子在草丛里走，一发现虫子，就咯咯咯地叫唤，小鸡们一拥而上，欢快地抢食。小鸭子走起来摇摇摆摆，速度自然慢了。小鸡好像认出他不是他们的亲兄妹，总是排斥他，不大愿意小鸭子加入他们的鸡圈子。

这时，只见母鸡用翅膀轻轻一挡，把小鸡挡在一边，啄起虫子放进了小鸭子的嘴里。看着小鸭子满足地吃下虫子，母鸡扇了扇翅膀，又开心地往前走。小鸭子迈着蹒跚的步子，跟在她身边，像个穿着嫩黄色礼服的小王子。

渐渐地，小鸡们都在母亲的坚持下，接纳了这个异族兄弟。小鸭子也在母鸡的精心喂养下，茁壮成长。看来，我和儿子的担心是多余的，母性，动物原来比人更甚！

有一天，作为一位幸福母亲的母鸡，兴致勃勃地带孩子们出去觅食。走啊走，来到了小池边。阳光的羽毛，柔柔飘落，清清的池水，闪着温和的光芒。突然，小鸭子加快脚步，向池水奔去。母鸡使劲叫唤，发出一连串的警报。可是，小鸭子像启动了自动屏蔽功能，兀自往池水冲，扑通一声就在水里游动起来。同一瞬间，母鸡哗啦啦飞了起来，把路上的两枚落叶带起，在粉尘中打了个旋。眨眼的工夫，母鸡就到了水中。扑腾一声，水面激起了大大的花朵。霎时，在水塘边的人们都被这离奇而悲壮的一幕惊呆了！

只见母鸡向着小鸭拍击着翅膀，嘴里发出急促的呼叫声。她哪里知道，她这个独特的孩子是天生的游泳健将啊。可是，不会水的母鸡哪里挡得住水的浸润！母鸡渐渐浑身湿透，虚弱的叫声随着下沉！

我的心顿时像被什么用力地攥紧了，我赶紧飞跑过去，出手将小鸭子赶上岸，并救出了英勇"陷"身的母鸡。母鸡抖了抖翅膀，地面落下了很多水点。全身湿漉漉的她，耷拉着羽毛，身子显得特别瘦小，有的地方还露出了粉色的皮肤，看起来是那么落魄，那么让人心酸。

然而，母鸡全然不顾自己的狼狈，看到小鸭子脱离了"危险"，就放心地走动起来。咯咯咯，母鸡叫唤着，眼神流转，像汪着一整个春天。看着小鸡和小鸭子跟上了她，母鸡又继续前行了。阳光温柔地停在她身上，像给母鸡笼上了一层圣洁的光辉。

为了母鸡的安全，我在枇杷树下用黑色的遮阳布围了个小天地，把小鸭子和母鸡隔离了。没想到，听到小鸭子在小天地里叫，母鸡焦躁不安，也不愿意带小鸡出去觅食了。她用尖尖的嘴在外面啄着叫着，小鸭子在里面呼着应着。有好几次，她还扑棱着翅膀，试图飞到里面去。我喂她最喜欢吃的玉米，她居然爱理不理的。我只好拆了遮阳布，让他们母子团聚。

当我把我家母鸡的故事讲给别人听时，很多人都不信。可是，我每每回想，总是会被这只傻傻的母鸡感动得热泪盈眶。我们身边，不也有这样傻傻的爱吗？因为爱得太用力，太真实，往往会让人觉得好笑甚至荒唐。可是，笑过之后，你一定会心疼，会感动。因为，这份傻傻的爱，有一个可敬的名字，叫母爱。

那年夏天，风呼呼地吹过

一

我的大姑妈嫁在义乌，和家乡东阳是近邻。那年夏天，不知何故，我一人去了姑妈家。正好廿三里有会场。会场很热闹，各种吆喝声，各种好吃的，对小孩子来说，很有诱惑力。我穿过重重诱惑，来到姑妈家。

姑妈的面前，放着一瓶啤酒，没有花生米等任何下酒菜。啤酒喝了一半，瓶身闪着绿莹莹的光。姑妈用一个橡皮塞封好瓶口，拍了拍我的肩膀说："我胖一点了吧？"

姑妈身材高挑，长相秀丽。她一直嫌自己太瘦，觉得喝啤酒能丰满一点。我仰头看了看，说："好看。非常好看。"姑妈笑了。她用左手摸了摸口袋，递给我一张钱，说："你拿着去赶会场吧。买点好吃的。"我一看，天哪，好大的一笔钱！

好一会儿，我都没有站稳。我的手里，突然有了5元钱！它像一团火，把我的掌心烧得热气腾腾。这把火迅速蔓延开来。我小小的脑袋，陷进了一道道数学题，那么幸福，那么香浓的数学题啊。2毛一碗的馄饨，一天吃一碗，我可以吃上差不多1个月；2分一块的烤豆腐，我可以吃250块；1分一碗的豆腐花，我可以吃500碗……

我一路小跑，风在耳边唱着歌。我欢喜得也在唱歌。我决定把这笔巨款花个轰轰烈烈惊天动地。棉花糖、金勾梨、烤豆腐，对了，还有蝴蝶结、小镜子。以前做梦都不敢想的东西，全部坐着阿拉伯飞毯，神奇地飞到了眼前。我喜滋滋地在一个摊位前停住了。我的手一伸口袋，钱，不见了！

我把两只口袋翻了个遍，连个影子也没捞上。我憋着一股气，沿着来路往回走，很认真地走，一直走到姑妈面前。此时，太阳已经西斜。姑妈正在门口穿珠子。她没注意我灰着的脸，笑着问："乖侄女，买了什么？好吃吗？"我一听，放声大哭。

短短一两个小时，我经历了小心脏的大喜和大悲。那种心底的痛和憾，全部化成泪水奔涌成河。

姑妈腾出手，又摸出一张5元钱，说："没什么大不了的，再去一趟。"我迟疑着接过，内心沉甸甸的。姑妈穿珠子，10串才1分钱。5元钱，她要穿多少这么细这么小的珠子啊。我又一次往会场走去。但我再也不想什么烤豆腐金勾梨，什么蝴蝶结小镜子了。我的眼睛成了探照灯，一路熠熠发亮。我不甘心，暗暗发狠要找回丢失的巨款。

真的找到了！那是一条不起眼的小河。几乎不流动的水面上，飘着花花绿绿的垃圾。一张皱巴巴的5元钱，混杂其中。我捞起它，捞起了失而复得的世界。

我一路飞奔，风把我的脚吻成了风火轮。我把好消息告诉姑妈，把5元钱交还姑妈。姑妈执意不收。于是，我怀着一肚子饱胀胀的惊喜，和两张5元钱，披着即将罩下来的夜色回家了。

回到家，才发觉肚子饿了。母亲和父亲正就着榨菜吃泡饭。我没提钱的事，装了一碗就呼啦啦吃了。母亲疑惑道："看这孩子，怎么会饿成这样？"我什么也没说。我怕说了，到手的钱，全长翅膀了。

晚上睡觉，脱裤子时又跳出了5元钱！我揉了揉眼睛，确定没有看花。原来裤袋破了,母亲用线直接缝在半截处,线破出来,钱滑到下面的小空间里。现在,它终于从小空间里溜出来,见了天日。半天时间,我有了15元的巨款,成了真正的有钱人。我兴奋得翻了个身,由于用力过猛,差点滑到床下。

我有一个伟大的计划。我要给自己买一条白色的连衣裙。10月份我们班的合唱表演,老师要我当指挥,穿白裙子。老师叫我借小兰的裙子。小兰肤色很白,却长满雀斑,每次都爱理不理的。我真不愿意吃她的白眼。我还要买一个口琴。小辉就有一个,吹起来可好听了。

次日,我起得有些晚。临到吃午饭,才发现猪栏的两只猪不见了。母亲一年要养两栏猪。冬天的那栏杀年猪,卖了猪肉,留下猪肺、猪血等廉价的肚里货。夏天的那栏卖毛猪。卖猪的钱用来买种子、化肥,还要留一部分买小猪。卖猪那天,父亲往往会带一点菜改善生活。可是,我等到的是千篇一律的大青菜,以及父母亲皱着的眉头。

我听见父亲说:"谷种、玉米种、荞麦种,不买绝对不行。田荒荒一季啊。"母亲说:"如果不买小猪,年猪的收入没了,连个猪血豆腐也吃不上。"

"如果我不生那场病就好了。"父亲的声音低了下来,好像在责怪自己做了错事。5月份,父亲采石头闪了腰伤了脚,家里欠下了不少钱。卖了猪,肯定要先还人家。

一直闷头吃饭的我突然问:"买小猪要多少钱?"其实问之前,我已经打了个算盘。村西就有个卖猪肉的,天天吆喝猪肉9毛一斤,买一只10斤的小猪,估计9元钱。我还可以用剩下的钱完成一个梦想。

"猪崽贵。买只小的,也要15元左右。"父亲说。我呆住了。好久,我都没有再说话。我默默地吃完粗大的青菜梗,来到床边,拿出压在草席下的钱,5元,5元,5元。我数了一遍又一遍,泪水一次次地滑下来,又被一次次地抹去。

我把15元递给父亲,转身跑开了。

明天就是上卢交流会,明天父亲就能给家里买回一只小猪,买回全家新的希望。走在村口的山坡上,我想起了那个热闹的会场,想起了姑妈的啤酒和珠子,想起了父亲自责的眼神。夏天的风,呼呼地吹过。风声里,我看见自己突然长大了。

第三辑

走着走着，花就开了

也许，对大人而言，孩子的事情都是小事情；
对时光而言，过去的事情都是小事情。我们都曾痛苦地生长，期待人生的峰回路转。

走着走着，花就开了

一

小时候，每每遇上头疼脑热，我都是能熬就熬。实在熬不住了，才让爸爸带着去医院。"医生，我想打针。"一见到医生，我就很急切地说。"你这孩子，可真勇敢。好多孩子一听说要打针，就哭啊闹啊，像上刑场一样。"医生惊讶地说。

在医生莫名惊诧的目光里，我感觉自己真的成了一个勇敢的孩子。我右侧的屁股承受了注射针一次次的"深吻"，以至于我感觉它比左侧的要大一些。每次打针，我都是咬牙忍住，从来没有喊过一声疼。

其实，我也怕疼。当湿湿的棉球轻轻地擦拭后，我的心跳就会加快。可是，比起吃药来，打针真的是一件小事情。一旦医生配出了药，我的悲惨故事就拉开了序幕。听从爸爸的指导，我把药放进喉咙，然后吞一口水。可是，水下去了，药还在。再吞一口水，依然是水下去了，药还在。一口又一口，一杯又一杯，水把我的肚子都撑饱了，药依然还在喉咙里。最后，药融化了，苦苦的味道在嘴里弥漫开来，我忍不住哇哇大哭起来。

这世上，还有比吃药更难的事吗？爸爸非常纳闷，他生养的女儿为什么连一颗小小的药丸都吞不下呢？他不厌其烦地教我，要我把药丸放到喉咙深处，然后喝一口水，仰一下脖子，把药咽下去。然而，我总是以失败告终。因为不会吃药，我一度怀疑自己的智商有问题。

这样的痛苦，一直持续到我15岁。某一次，我不得已要服那种长长的胶囊。我拿出豁出去的凛然之心，把胶囊放进嘴巴，喝了一口水，稍稍一仰脖，胶囊居然很顺利地下去了。啊！我惊喜不已，不由得想大声歌唱。我不记得那天是否阳光灿烂，花儿在跳舞，反正我的心里突然升起了一轮明媚的太阳，所有的花儿都在阳光下翩然起舞。我，竟然会吃药了！这是多么美妙的事情啊！没想到，新的痛苦接踵而至。

读初中的女孩，身体像花儿一样，一个个含苞待放。可是我，连舒枝展叶的迹象都没有。我矮矮的个子像被巫婆施了魔咒，每次排座位，总是在第一排。有一次，有个男生在和另一个男生说："怎么回事？有的人胸部像墙壁一样。"他讲话声音不轻，刚好被经过的我听到。我知道，他是故意讲给我听的。

痛苦，像潮水一样呼啸而至，淹没了我的一切欢乐。即使我会唱歌爱跳舞，多才多艺，成绩优异，可是那又怎么样？当我的同龄人长高了长圆润了的时候，我还是豆芽菜一个！

爸爸妈妈是勤劳朴实的农民。那时，他们每天日出而作，日落而息，却依然需要借钱才能维持一家人的生活。放学回家，没有零食吃，我感觉嘴巴太淡，就会悄悄来到阁楼，抓上一小把梅干菜吃。

我猜想也许是这些黑乎乎的咸咸的东西影响了我的发育，于是，我坚定地戒了它。此后每当嘴馋的时候，我就开始冥想：我像村口的银杏树一样，长得高挑丰满，成为班里最漂亮的姑娘。

这样的日子延续了好几年。一直到18岁，我才迎来了拔节抽穗的季节。看我出落得亭亭玉立，妈妈庆幸地说："你是上辈子积德了。长得晚的女生有福气啊。"

妈妈不知道，为了这事，她的女儿独自走在痛苦的路上，却不敢声张。那份苦与痛，因为隐秘，更加酸楚。

如今，经常有人夸我身材凹凸有致，气质温婉优雅。但只有我自己知道，我曾忍受了多少委屈与酸痛。

也许，对大人而言，孩子的事情都是小事情；对时光而言，过去的事情都是小事情。我们都曾痛苦地生长，期待人生的峰回路转。其实，我们只需走好眼前的路。走着走着，路就宽了；走着走着，花就开了。

童瓢鸡子

一

有时候，一种食物留下的记忆，比初恋还要难忘，它会让你念念不忘，津津乐道。即使，它是那么有"味道"，甚至被非议、诟病。它，就是童瓢鸡子，一种用童子尿煮的鸡蛋。

小时候，家里缺衣少食。但每到三月，父亲总会变戏法一样，拿出几个童瓢鸡子，把那一餐过得像节日一样。家乡老一辈人说，孩子18岁前不能吃童瓢鸡子，因为它太补了，小孩子吃了容易变成"童子老"，长不高的。可父亲从来不理会这些。他说自己小时候只能看着爷爷吃，嘴里都爬出虫子了。再说了，他没吃也没见长多高啊。

那时，鸡蛋是自家的鸡生的，难的是童子尿不好找。这种尿最好是10岁以下的健康男孩，掐头去尾的为上品。但大家也没机会讲究太多。那段时间，学校的男厕所内外是最繁忙的，一个个尿桶一溜儿排开，场面甚是壮观。有时，取童子尿的人看人家不在，就来了个顺手牵羊，被后来者看见，免不了来一场口舌之战。在钟爱的食物面前，大人们的脑细胞超级活跃，他们会想出各种办法，有的给孩子弹珠、橡皮筋、糖果等玩意，有的找上班主任老师，以求关照。还有的，竟然不顾孩子的年龄，把尿桶直接放到初中的男厕所里去了，说只要还没成人，都有功效。有的家庭孩子多，就直接自产自销，大人为早点把童子尿备好，一个劲地给孩子喝水。当然，这特殊时期，大人也变得慷慨起来，拿出平时只用来招待客人的白糖，放一点到开水里。孩子尝到甜头，喝得呼啦啦呼啦啦那叫一个带劲。

煮童瓢鸡子一定要露天。据说，蛇、狗肉和童瓢鸡子不能在灶上煮，这是对灶神的不敬。拿一个炉子，放上一口铁锅，就可以开煮了。在那个物质匮乏的年代，大家的生活条件都不好，拿不出更多的鸡蛋，煮童瓢鸡子往往是要搭伙的。这家5个，那家10个，一律用炭做上记号，你写个数字，我画个图案。这样，煮出的童瓢鸡子破了、碎了，就可以自己负责。否则，起火的那家可要赔了。100个鸡蛋里总有10个左右损耗的。父亲拿了鸡蛋，在别人家搭伙。有时，鸡蛋太少，他会拿了毛芋去充数，一来毛芋廉价，二来他认为尿煮毛芋也有防暑治伤等作用。

吃童瓢鸡子的那餐，家里肯定要煮白米粥。父亲说，淡淡的白米粥和咸咸的童瓢鸡子是绝配。灶膛里是硬木柴烧后留下的炭火。父亲把童瓢鸡子放在炭火里烤，直到烤得干干的。此时，咸咸的空气，带着桂花香的风，湿湿地吹过，让人忍不住想咽口水。

烤后的童瓢鸡子，褐色中会有一点白色，那是童子尿的结晶体。壳上裂着很多不规则的道道，有的还会直接露出蛋白。不过，此时的蛋白已经成了咖啡色，剥开来，蛋黄成了抹茶色，泛着绿绿的光泽。

我们一家都喜欢吃童瓢鸡子。几十年了，它像一棵大树，一直繁茂在我的记忆深处。多年以后，我才知道，只有我的家乡东阳才有童瓢鸡子。2008年，童瓢鸡子入选东阳非物质文化遗产。即使有人把它列为全球10种极端食物之一，依然不能改变家乡人对它的感情。一种食物一旦调动了乡情，也就成了故乡的符号。

如今，我家每年都要煮童瓢鸡子，一煮就是几百个。嫂子在小学教书，按说拿童子尿不难，可是粥少僧多，每次都得依次排号。一旦有了童子尿，父亲就会骄傲地在家门口摆出一个排场。父亲是个没读过什么书的农民，但他做事特别有格局。他取出平时搁着休息的大铁锅，用砖头等垒起一个临时的小灶。边上，他早早地劈好了木块，一块块码着，像要迎接什么大喜事。

父亲把买来的鸡蛋一个个冲洗干净，把它们放进大锅，倒入童子尿，然后用松毛引火，点燃交错搁置的木块。旺火煮开后，锅面上泛起了很多白色的泡沫。父亲拿起铜勺把它们舀出来倒掉，顺手把上面的鸡蛋敲破。但他煮的鸡蛋太多，无法敲击锅下面的，父亲就一一取出鸡蛋，再逐个敲破，放回大锅。

此时，空气里飘荡着一种特别的味道，咸咸的，香香的。慢慢地，这味道像一群闹嚷嚷的小雀，挤着拥着，往村庄的角角落落蹿。家门口聚集的人渐渐多了。王大叔周婶子吴大爷一个个纷纷向父亲表达羡慕之情。父亲很享受这份问候，脸上的每一块肌肉都像灶膛里熊熊燃烧的木块，发出爽朗的笑声。

笑声里，父亲还给大家讲故事。其实，父亲的故事我已经听了好几回了。但每次听来还是有新鲜感。以前，村庄里小偷有点多，人们抓住了往往就打上一顿。小偷被打得再狠，只要能爬到尿桶边，喝了尿，就不会死。我们西楼村的寿松伯去砍松树枝摔伤，躺在床上动弹不得。父亲当时还是小屁孩，看见他过去，人家像见了救星，当场叫他撒了一碗尿，喝了。病就这样好了，根本没上医院。

"是啊，是啊。自从吃了童瓢鸡子，我就再没中过暑。"有人附和着。

"可惜，咱们煮鸡蛋的童子尿难求啊。"有人在叹息。

"对啊，有钱也未必买得到放心的童子尿啊。"父亲自豪地笑着。

灶膛里，父亲抽出了两根木块，把它改为小火。煮童瓢鸡子急不得，一般要煮上五六个小时。对父亲来说，他有的是时间，有的是木柴，有的是童子尿。他过一会儿就添加一点，好像不把童子尿用完就不会罢休。这时，我的感官是最忙的了。耳朵要听乡村趣事奇闻；眼睛要看这些鸡蛋如何在童子尿里翻滚、变色；嘴巴呢，过一会儿就捞出来吃上一个，根本顾不上要在火里烤一烤了。起先，蛋白只是稍稍有些变色，鸡蛋的味道自然比较淡。煮到后面，童瓢鸡子又咸又香。等到父亲熄了火，我的肚子已经溜溜圆了。

煮好后，父亲又幸福地忙开了。他把煮破的童瓢鸡子单独放起来，选一些长相好看的装进篮子，这家几十个，那家几十个，感觉与人分享了春天的幸福。

乡野的呼吸

一

秋天的晚风,像一双双母亲的手,柔柔地抚摸着我们的肌肤。金桂的香气在院子里奔跑,似乎在迎接表演浦江乱弹的民间艺人。

板胡、二胡、唢呐、大提琴、扬琴、钹、鼓板一起上阵,那曲调忽而高昂,忽而沉郁,在寂静的乡野水一样奔腾,直听得院子里的灯忘记了眨眼睛,听得民宿店的老板娘顾不上清理菜盘,听得文友们时而坐下,时而站起。

总指挥是位四十多岁的清秀女子,只见她左右手熟稔地敲击着各种乐器,大鼓、小鼓、鼓板在她的敲击下酣畅淋漓地抒发着自己的情怀,她的身子随着鼓点有节奏地摆动,让人不知不觉地就跟着她进入一个独特的世界。

这班民间艺人,无论男女都会放喉演唱,《三请梨花》《徐策跑城》《别窑》,每一曲都唱得流畅舒展、激情洋溢,像云雀直冲云霄,像悬崖飞泻激流。王宝钏在寒窑的自思自叹,更是让一位扎马尾的女子唱得声声是泪。一曲终了,我赶紧走向她,居然看见了她红红的带着泪花的眼睛。她自豪地告诉我,浦江乱弹是婺剧的主要声腔之一,以浦江民间乐曲为基调,具有鲜明的地方特色。如今,浦江乱弹已成国家级非物质文化遗产。我好奇她年纪轻轻,如何能演绎得这么动情,她说,作为一名爱戏剧的浦江人,有责任传承地方剧种。

其实，早在清代，浦江乱弹就有"送余乌饭乐宽闲，演戏迎神遍市閭，妙舞清歌人不醉，乡风贪看乱弹班"的鼎盛场面了。我很庆幸自己和志同道合的文友们一起，欣赏到了有着浓浓乡野味道的浦江乱弹。

次日，我们去了原生态马岭脚村和中国首批传统村落新光村。马岭脚村的房子一律土墙黑瓦小方窗，远远望去，就像要穿越时光隧道来到小时候。沿着石阶往上走，右侧矗立着一棵棵古树，有榧树、糙叶榆、苦槠树、红楠，都走过了百年千年的时光。

有一棵榧树，已经1200多年了，准确地说，它叫草榧，没有经过嫁接，果子比香榧要大，两头显得圆一些。古榧的边上有一块圆润的石头，边上立了一块牌子，上书：马岭练功石。很多很多年以前，这棵榧树下也许聚集了不少练功的人；又或许，是某人一直练功，最后成了当地知名人物。一棵棵古树，枝干盘曲，瘿节遍布，有的树干出现了一个个大大的洞，依然生机勃勃。它们俨然一位位智者，和土房子、石头路以及叫不出名儿的花花草草们站在这里。世界安静。它们一直静静地站着，看云儿飘过鸟儿飞过，挑着水桶的大妈走过。

继续拾级而上。有一方土墙上爬了十几株凌霄，细细的枝条，往上攀爬出婀娜的姿态，顶上长着绿色的叶子，稀稀疏疏的，却给土墙注入了生命。文友们在这里拍下了全家福。

马岭脚村海拔有600米。一直往上走，空气愈发清新。登高远望，一侧的山上长着一大片的翠竹。乡野的风温柔地吹过，翡翠绿、浅豆绿、葱绿纷纷涌动起来，在薄薄的阳光下，在声声鸟鸣中，翩然起舞。

此时，我想起了道光禅师的禅诗："空阔透天，鸟飞如鸟。水清澈地，鱼行似鱼。"鸟飞得像鸟，鱼游得像鱼，回到本真的状态，就是最好的状态。大自然如此，人也是如此。

接着，我们来到了新光村。新光村四面环山，S形太极溪环绕，被誉为

"江南乔家大院"。一来到村口,就见一对夫妻在翻晒。一个个大大的圆圆的东西晒在席子上,看起来很薄,一问得知是浦江的特产粉面。

一路往前,每个小巷都可以入镜。一串串的红灯笼,斑驳的青砖墙,灰色的老木门,随便往哪一站,都是在和时光对接。有一方墙壁在离地1.6米左右的高度出现了一个框,里边是一个圆洞。原来这是300年前的路灯。圆洞的两边糊上绘有书画的皮纸或绸布,成为灯罩。路灯上面还设置了通烟道。路灯的另一面墙壁上有100多年前的字,笔力遒劲,字形依然可辨。走入正门,地上放着一个杠铃一样的东西,两头是石头。文友们纷纷上前,有的轻松举过头顶,有的浑身冒汗却只能到胸前。大家纷纷猜这玩意是几斤。这时走过一位面容清秀的老人,他说,这叫两头举,70斤。您怎么知道?我问。这是我家呀。我爷爷是武秀才,是他玩的。

此时,我才明白过来,我走过的每一处都是农家呀。真是太让人羡慕了。惊喜还在后头呢。原来老人叫朱祖民,昨晚我们欣赏的浦江乱弹,有他的传承之功。他家的墙壁上,挂满了各种乐器。月琴、三弦、二胡、笛子、唢呐、板胡等,俨然将军胸前的徽章。有女粉丝过来找他合影,他并不惊讶,乐呵呵地笑着。沿着木楼梯,走到他家二楼的露台,看到整个村庄就像突然浮现在眼前的陈年往事,古朴的黑瓦像鱼鳞般陈列着,灰白色的墙壁述说着岁月的故事。转身离去时,发现露台的角落放了只木桶,也是很老的样子。正纳闷是什么,看见木桶一侧停了几十只蜜蜂。原来是蜂箱。

走进新光村的廿九间,你会怀疑自己是不是走进了梦里。每一间都有自己的主题,每一户都呈现出清新和优雅的气息。这间是泥捏小花盆,造型各异,拳头大小,上面插着小巧的铜钱草;这间是中国画创作室,每一幅都是主人自己创作自己装裱;这间是个性旗袍,每一个盘扣都是手工缝制的……过道上,天胡葵一团一团地热闹着;马樱丹又黄又红,艳得逼人;豆瓣绿青翠欲滴;啤酒瓶里的绿萝仰着脑袋……我听到了有思想有香味的呼吸声。

　　美国人丽莎·茵·普兰特在《简单生活》一书中，勾勒出具有后现代意味的简单生活图画，它不是贫苦、简陋的生活，而是丰富、简单、和谐、悠闲的生活。浦江之行，丰富了我对简单生活的想象，让我的心从此有了呼吸和向往。

在春天，与她相遇

一

有一个地方，有春秋的山，宋朝的湖，上古时代的舟。那就是萧山的湘湖。这里有世界上最早的独木舟，以及远古的心跳。2500年前，越王勾践兵败，仓皇渡过钱塘江，退入某地。驻马山前，四顾萧然。此地因此得名萧山。这里留下了勾践抗吴的军事城堡，见证了"卧薪尝胆"的历史风云。

宋徽宗政和二年，"程门立雪"故事的主角杨时当任了萧山县令。他"以山为界，筑土为墙"，耗费大量的心血，挖了一个人工湖，用于蓄水和灌溉，其时供水量达到了"旱足分流达九乡"。这是湘湖的雏形。如今的湘湖，占地面积35平方公里，有76座桥和湘湖脉脉对视。

来到跨湖桥文化遗址，走进船屋外形、原址原建的博物馆，站在湘湖水下6米处，透过历史的缝隙，我看到了人类新石器时代的纵深。在一片黑乎乎的空间里，8000年前的气息扑眼而来。一艘很老很老的船，像一枚沧桑的大叶子，躺在恒温恒湿的玻璃房内。它舟头上翘，中间直平，四周残留着一根根木桩和一个个桩眼。整叶舟没有拼接，通体焦黑，使人想起刳木为舟这个词语。

看着看着，上古的幕布徐徐拉开。我姑且把男女主人公取名为尚和鱼吧。尚爱上了鱼。他采了好多的芡实、菱角、橡子等，想送给鱼，却只能看着它们在储藏坑里，慢慢烂掉。他用骨笛引诱猎物，用弓箭射伤它们，想送给鱼，却只能看着猎物变了质。尚很苦恼。他和鱼日日隔湖相望，相思难寄，美食难递。

一个春暖花开的日子，尚看到一枚叶子眯着眼，悠闲地走在水上。叶子边缘微翘，上面竟没有留下一颗水珠，那小小的地方成了一个安宁的世界。尚突然茅塞顿开。他选了一棵大松树，决心把树干挖得像水上漂流的叶子一样，两边微卷，中间平坦，那么，他就可以乘着这枚"大叶子"，去拥抱心爱的姑娘。

尚是世界上第一个为爱情把文化推上崭新高度的男人。他的智商也在多巴胺的推动下，达到了顶峰。挖树干的速度太慢，他就在树干要挖掉的地方涂上了厚厚的湿泥巴，再用火把它们烧掉。这样一来，树干变成了焦黑色，但他成功地把见鱼的日子提前了很多天。

尚绝对想不到，他为鱼做的这一片"叶子"，在很多很多年后，被称为"世界第一舟"，为世人震惊和膜拜。自然，当年的鱼见到尚酷酷地向她飘过来，爱情的树苗马上长成了参天大树。两个部落也得到了更好的繁衍。

此时，我不禁被自己想出来的爱情故事打动了。

走出遗址博物馆，阳光如裳，清亮亮地披在身上，我俨然觉得自己穿越远古后，重返锦绣大地。一路沿着果冻般清透滑嫩的湘湖水漫步，枯黄色的水烛骄傲地挺立着；紫色的婆婆纳张开笑脸冲游人微笑；千年蓬顶着淡紫色的小太阳眨巴着眼睛；羽衣甘蓝美得像一件霓裳……

远远地，看见一片红色的花海。是一大片的梅花，开得正热闹。两对新人正在拍婚纱照，香雪满身，笑容醉人。这笑的花朵接纳了世上所有的吉祥和幸福。有一株宫粉梅，花开两色，有的枝干是嫩嫩的红，有的枝干是纯纯的白。不知是因为光照，还是因为品种。一呼一吸间，些许甜丝丝的清气，氤氲在鼻翼间，让人忍不住放慢脚步。草地上，搭着一大片红红绿绿的帐篷，游客们尽情地孵着日头吃着美食。还有的穿着汉服，在展示茶艺。两个小男孩正在玩泡泡，那泡泡大得像篮球，带着淡蓝色和玫红色的光芒，悠悠地在空中飘，仿佛想飘出一个童话世界。

走过一座桥，一旁的柳树抽出了嫩芽，像一群雏鸟的小嘴巴，向着仁慈的春阳，唱着嫩得出水的歌谣。一树的玉兰花俨然白玉做的灯盏，把整个天空都点亮了。

所有的花草，都把湘湖当成了舞台。它们在湖边尽情展示自己婀娜的腰肢曼妙的舞姿；它们在湖边你看我我看你眉目含情。当然，也只有春天，它们才会有如此泼辣的举动。就连水中的鱼儿，都大胆地穿来穿去，任游人拍照、谈论，只顾怡然自乐。远处，有长长的船只在水中行驶，留下云朵一样漂亮的浪花。看着它们，我恨不得将自己折叠成一枚叶子一样的小舟，和清透柔软的湘湖水来一场深情的缠绵。

就这样坐着，想着。让眼睛、耳朵、鼻子和一颗世俗的心都吃得饱饱的，美美的。

回到入口处，同事的孩子问："你们看到鸽子树了吗？一树的鸽子，像白色的果实哎。"另一同事的孩子笑微微地拿出一本写生纸，那上面是她的写生，有美丽的石拱桥柔美的柳树，还有辽阔的湘湖。她是想把湘湖的美带回家吗？

此时，湘湖的阳光调皮地笑着，跳进我的水杯。我捧起它，像捧起一个盛大的春天，以及8000年的时光。我仰起头，将一杯子的欢喜和厚重，饮尽。

这世界如此安静

一

"歙砚的石质坚韧温莹,纹理缜密丰富,呵气生云。"随着讲解员的介绍,大家纷纷凑过去哈气。只见滑如凝脂的砚台上出现了温润的一层,用食指轻轻一抹,指尖仿佛吻上了轻雾抑或云烟。在啧啧的赞叹声中,一群雅人继续往前走。

很荣幸,我也是这个小群体的一员。这是一场游学之旅,旨在探访文房四宝。自宋朝以来,文房四宝特指湖笔、徽墨、宣纸、端砚。两天的时间里,我们将一一走近它们,这不得不让人心生欢喜和期待。

我们先奔赴安徽歙县,来到"歙县古城墨砚博物馆"。馆内收藏陈列的墨和砚让人目不暇接。歙砚名品繁多,据历史记载的就有数百种,最主要的有罗纹、眉子、金星、金晕、银星、银晕、鱼子、玉带、刷丝、角浪、枣心、龟甲、紫云等名贵纹理。一方名叫"春意"的老坑龙尾石龟甲纹,上方是新春的柳条,柔梢披风,燕子翩跹,下方河水解冻,用手轻轻触摸,凉如春水滑如嫩肤。来自元代的名叫"硕果"的端砚表面的纹理看起来有些斑驳,粗看倒像饱经沧桑的老木。清代名叫"书页"的端砚,形状像极了半开的书页,卷起的一侧有明显的金色,仿佛读书人的手把它磨出了光彩。有一方名叫"抄手"的歙砚临背眉,模样像长畚斗,因底下可伸手而得名。走着走着,有三五人在20世纪60年代的学生砚面前停住了。只见眼前的歙砚外围四方状,里面呈圆形,左上角一个三角形的小坑,磨出来的墨汁流到小坑里,毛笔就在那里蘸着写出一笔一画。有一方学生砚的最底部,墨汁似干未干,恍如小鱼在吐着一个个泡泡。时光仿佛穿越到了几十年前,当年的我们正是用这样的砚开启了笔墨的原始认知。

说到墨,我最感兴趣的是药墨。据传明代时,安徽歙县的制墨者程君房为使墨汁保存更久,在墨中加入了麝香、金箔、冰片、珍珠、公丁香等名贵药材做天然防腐剂,于是墨不仅有一股中药的香味,还能凝血、镇惊、息风、止痛等。20世纪90年代时,倘家里有一方麝香墨,小病不用看医生,直接用麝香墨磨出墨汁喝下去就好。这个神奇的麝香看起来像家常的香菇。我忍不住看了又看,恨不得自己也能拥有一方麝香墨。

好的墨色泽黑润,舐笔不胶,入纸不晕,轻轻弹击,有清越之声。好墨就如益友,接触多了,你就会被同化。因此,若某人经常和墨在一起,磨着墨用着墨闻着墨,甚至吃着墨,慢慢地,就会成为墨仙。书上有载:"如膏如露,濡毫之余,间用吮吸,灵奇之气,透入窍穴,久久自然变易骨节,澄炼神明,谓之墨仙。"《史记·屈原贾生列传》中,还有"静墨"这样的形容词。我想,和砚和墨打交道的,都应该有一颗安静的心吧。他们能屏蔽外界的喧嚣,独守内心的安宁,找到属于自己的芬芳。

走出博物馆,边上是加工的小作坊。有工人正在打制砚。有一位姑娘专心致志地工作着,刘海把她的大半个脸都遮住了。拿着相机和手机拍摄的我们嚷嚷着:"美女,抬一下头。"姑娘丝毫不为所动,仿佛她的身边,根本没有这一群好奇的游客。心专才能绣得花,心静才能织得麻。看着她版画一般的身影，我不由得生出敬意。

第二站，我们来到了宣纸的故乡——安徽省宣城泾县。

传说蔡伦的徒弟孔丹，一直想制造一种柔韧的白纸，好替师傅画像修谱。一个偶然的机会，他看到檀树倒在山涧边，因年深日久，树皮已被水浸得发白。后来，他试着用檀树皮做纸，达到了理想的效果。

走在蒙蒙细雨中，泾县的"中国宣纸博物馆"平添了水墨气象。馆外的山坡上晒了很多白色的东西，远看似东阳索粉。原来那是青檀树皮蒸泡晒后，加入草碱等洗涤后撕成的细条，一般要日晒雨淋9个月左右。路边和院子里种了很多檀树，灰色的树身，嶙峋的枝干，不少枝干中间有凸起的球状疤痕，那是砍后留下的印记。新长出的枝条又细又多，整体看来很有一种错落有致的美。

讲解员告诉我们，宣纸自古有"纸中之王、千年寿纸"的誉称。它的制作工序有一百多道。青檀、稻草、苦竹都可以做材料。但选用上有年份、土质以及纹理等的要求。走进捞纸间，两位工人正在捞纸。一个长方形的大木缸上，盛着很多黄白色的浆，那是加工后的树皮料、稻草料，加入杨桃藤汁等植物胶搅匀后的浆。两位工人拿着竹帘，浸下，捞起，一张纸就做成了。好神奇啊。我们跃跃欲试，来到捞纸体验间排队等候。拿起小竹帘的那一刻，我的心头升起一种神圣感。我配合着另一头的工人，学着先把帘子往右浸入浆，再捞起；往左浸入浆，再捞起。没想到纸破了。一直做到第三张才成功。浸水深了，纸太厚；用力不匀，纸就破。看起来简单的动作，其实很不简单。

最后一站，我们改道浙江湖州，来到南浔区善琏镇的"中国湖笔博物馆"。我们先跟师傅学做笔。师傅教我们的这道工序叫择笔。只见师傅用小镊子去掉杂毛，把白色的羊毫笔尖蘸一下糨糊，然后让笔尖开花，把糨糊一点点地揉进每一根笔毛，揉透了，再把糨糊全部挤出，笔尖揉得圆润起来，笔就做好了。我试着做了，感觉自己已经揉了很久，才把笔交给师傅，以为会受到他的夸奖。谁知师傅又把笔蘸进糨糊，一切从头开始。师傅告诉我们，三年徒弟四年半做，仅学会一道工序就需四年。他做择笔已经45年了。突然想起一句诗：鸟穿浮云云不惊，沙沉流水水尚清。学手艺，最需要静心专一。

讲解员介绍说，毛笔有尖、圆、齐、健四德。毛笔的制作要经过72道工序。单单选毛就很麻烦。一只山羊身上的毛可分为19个等级，可以用来制笔的只有5种。工人们要从千千万万根羊毛、狼毛、兔毛中一根一根地挑选，笔尖的毫不能用剪刀，它的齐整完全靠手工排列。毫成半透明状，铺开成一字般齐整的，为好笔。

在中国湖笔博物馆，我们还见识了镇馆之笔。那是一支清代贺莲青制竹管牛角斗提笔。1931年张学良从故宫取出，是五支套笔"仁、义、礼、智、信"中的"义笔"。博物馆的一个重中之重，是赵孟頫的书法作品。湖州人赵孟頫，是宋太祖赵匡胤的十一世孙。赵孟頫的大字风神朗发，行书圆转浏亮，小楷结体妍丽，行楷笔姿雄秀。他的妻子管道升也擅长书画。馆中有一对龙凤笔，源自赵孟頫夫妻的佳话。据说赵孟頫50岁时，喜欢上了一位姑娘，想效仿当时的名士纳妾。妻子知道后，没有吵闹，而是写下一首《我侬词》："你侬我侬，忒煞多情，情多处，热似火。把一块泥，捻一个你，塑一个我，将咱们两个一齐打破，用水调和，再捏一个你，再塑一个我。我泥中有你，你泥中有我，与你生同一个衾，死同一个椁。"墨香缱绻，情深几许。赵孟頫看了，深深感动，从此熄灭了纳妾的念头。

文人雅士的处事，就是如此不同，冷静，文雅，给彼此面子。

茫茫世界，一片喧嚣。这趟文化之旅，引领我走进了一个安静的天地。

端砚、徽墨、宣纸、湖笔，每一种都散发着氤氲美好。我真想支起一口大锅，一一放进笔墨纸砚，且煮且蒸且炖，做出一道道奇崛的美味以及水墨般温润简单的人生。

游荆州古城

一

说起荆州,我们想到的就是"大意失荆州"以及刘、关、张的故事。游荆州古城,温习一遍古老的故事,如何?游荆州古城基本是车览。花100元钱,坐上四面通风的观光小车,本地导游边开车边通过扩音器一路讲典故。荆州古城有东南西北4个老城门和一个新南门。一路上,湖水清澈,杨柳依依,倒影婆娑。

导游一再强调,荆州古城的城墙是中国最古老的城墙,没有之一。语气中不乏自豪。荆州古城的历史,可以追溯到公元前六世纪。古城墙建于明代的洪武年间,总计有12公里长,已走过600多年的风风雨雨。我们下车看的只是一小部分。城墙上的一块块砖呈灰黑色,有不少已斑驳,有的可以看到铭文。据说,当年造城墙,为确保城砖质量,要求在每块城砖上刻下官员及工匠的人名。质量不合格的,要追究制砖人的责任,直至杀头。上那道城墙要过一个小坡,左边是马道,右边是人道。区别在于人道是一步一步的台阶。但孩子们特别想走走马道,嘴上念着马到成功之类的话语。

唐代之前,荆州是长江流域最繁华的三个城市之一(另有扬州、成都)。清代之前,共有23位宰相从荆州走出,更有楚庄王、孙叔敖、伍子胥、诸葛亮、张九龄、屈原、陶侃、王粲等数以百计的文豪国士在荆州生活。说荆州是宰相之城、名士之城、文豪之城、馆阁之城是丝毫不过的。

但我们眼中的荆州，更多的是三国的人物故事。走下古城墙，眼前立着一方形的匾，上书：关公读书处。前面的沙土上插着几炷香。右边，红色的花开了一树。再往前走，是偃月门，火红的匾，金色的字。走过一大片的盆景，是一黄褐色的大石，上书红色的大字：知者樂水。再往前是张飞、关羽、刘备、诸葛亮等人的半身塑像。此外，这里还有桃园、神龟池等。向日葵高高挺立，朵朵仰着脖子，绽放明媚的笑脸，让人感觉历史和现代只是隔了一扇门一朵花。

再一次坐上观光小车，导游讲起了张居正的故事。张居正是明代的传奇人物。他从秀才、举人、进士，官至内阁大学士。在担任宰相的十年里，张居正凭借自己非凡的胆识，拯救了朱明王朝的将倾之厦，被明末清初学者李贽誉为"宰相之杰"。

十二岁那年，小神童张居正顺利取得秀才名号。次年，他从荆州到武昌乡试，一旦考取，便成举人了。当时的湖广巡抚顾璘是有名的爱才之人，他担心张居正自满，对日后的成长不利，就嘱咐负责监试的御使要给张居正一点挫折。后来，张居正知道此事，一辈子感激使他落榜的顾璘，对他的深谋远虑和良苦用心念念不忘。此时，我们看到有一处写着"张居正故居"，就想去看看，导游并不停车，说，那里已经是茶楼了。

下一个停车的地方是荆州关帝馆。最深的印象是红飘带挂了一树，在风中摇曳着现代人的寄托。银杏树高大粗壮，已经600多年了。这里的每一处，自然都和关羽有关。东西两壁绘制着关羽"迎亲救主"、"义释曹操"、"单刀赴会"、"刮骨疗毒"等巨幅壁画。三义殿内陈列着刘、关、张桃园结义塑像，两壁绘制了"三顾茅庐"、"长坂雄风"、"借荆州"等故事。

复上车前行。身边是古老的城墙一扇扇歪门，以及转来歪去的道路，导游说这就是荆州的歪门邪道。我想，可能这样一来城市才难攻克吧。

转过一道边上站着一匹马的门，光线变得明亮了。空气里，好像有一股清香。一看右侧，全是荷花，那景致，好诱人。想拍张照片，小车却不肯停下。好在导游出题考了我们：为什么有的荷花是白色的，有的是红色的？

大家七嘴八舌了一阵。原来，白色荷花是九孔藕，冬天吃好，味道粉粉的；红色荷花是七孔藕，夏天吃好，味道脆脆的。我想起自己写爸爸的《白花藕》一文，想来也是合拍的。白花藕是塘藕，冬天挖的。我妈喜欢把它切成大块，和排骨一起炖，确实很粉呢。

荆州古城的游玩在红花藕和白花藕的讨论遐思中结束，想来也是带着芬芳的。

九霄碧云洞

一

飞龙九霄疑苍穹，瑞气钟灵满洞天。雨丝缠绵的5月，我随工运报的文友们前往富阳的九霄碧云洞采风。坐上缆车，我本能地闭上了眼睛。大家看我如此恐高，友好地笑了。一提醒，我才知道这缆车很特别，好像是沿着铁轨往山上开，原来是地轨缆车。该缆车坡度21.7°，可垂直上升80米，运行距离达200米，上山时间仅需4分钟。缆车的一节车厢可容纳40人左右，为江浙沪首例地轨缆车。

下了缆车，只见一大石上写着"富春桃源"四个红色大字，再走几步是"长寿池"，水中有一只大乌龟伸颈欲出，让我差点以为是真龟。再过来就见到木匾上题着"碧云洞"三字，从右往左写，"洞"字的三点水写得特别粗壮，好像有大雨滴从空中砸下。两边的木柱上题着金色的字，右写"冈峦千叠腾瑞气"，左书"洞天九霄落碧云"。一边的小店写着一些提示，建议大家买手电、租衣服。

碧云洞位于山腹之中，洞内气温常年在15~16摄氏度。据传该洞是在20世纪80年代，当地农夫砍柴时不小心掉落进洞发现的。后来景区便人工开凿出一条千米隧道便于出入。走进这条长隧道，但见隧道上方两排红灯笼热闹地照耀着，有着过节般的喜气，却并不透亮，地上潮湿，两壁阴暗，已让人感觉到寒意。我赶紧铺开橘黄色的大纱巾当披巾使用。

穿越千米隧道，便进到洞内。一看那场景，我便觉自己恍然来到了奇幻的天宫，飞龙盘云，流苏滴乳，好一个世外仙境！听导游介绍，碧云洞乃亚太地区单厅面积最大的洞厅，面积2.8万平方米，洞内净空最高处24米，被誉为"亚太第一大洞厅"，是一处融山水、溶洞、湖泊于一体的新景观。洞顶呈蓝色，还分布着零零星星的白色钙化物，故名"九霄碧云洞"。石灰岩地区地下水长期溶蚀，形成了奇特的溶洞。都说水滴石穿绳锯木断，时间的力量果然是最大的。

最大的钟乳石"擎天玉柱"高达20多米，像一只巨人的手撑起苍穹。天蓝、草绿、火红、橘黄，各种颜色的灯光照在上面，真是瑰丽多姿，美不胜收。它们倒映在一旁若隐若现的薄积水上，像双胞胎在相望。据说这里是电影《富春山居图》林志玲掀起红盖头的地方。那情景，定然是奇美无比！擎天玉柱附近的石头上写着"天下奇观碧云洞"，有竹筏停在水面上，有人在说：免费拍照，希望大家回去宣传。文友们纷纷走上固定的竹筏立此存照。

穹形厅内有神奇绚丽的各种景石23组，走走看看，让人目不暇接，好像变脸艺术，揭了一层，还有一层，没有穷尽似的。神州奇花、黄果树瀑布、比萨斜塔、泰国大象、法安降虎、一线天、玉幔高垂、定海神针、金山银雪、灵龟探珠以及镇洞之宝冰洲石等，我只能埋怨自己眼睛不够用脑子不够使了。看那黄果树瀑布，一溪悬挂，万练腾空，急流如飞，白花碎玉，仿佛能听到奔腾咆哮的声响。人类常认为自己是宇宙中最聪明的，常常以巧夺天工、人定胜天自夸。殊不知大自然的伟力岂是人类所能相比！

走出碧云洞，眼镜全蒙上了白气。去取免费照片，原来一寸的全身照免费，7寸照片15元一张，已塑封好。生意人果然聪明。正感叹间，见前面一木匾写着"天成野楮林"，脑中没来由地蹦出"野猪林"三字。往前走，穿过云霄隧道，进入一片林地，长的全是挺拔的野槠树。野槠树也叫苦槠树，属常绿乔木，木材坚硬，早年当地村民用它们制作家具。每到四月，野槠树开出淡黄色的花，风吹花落，宛若下雪。成熟的苦槠果可以酿酒，亦可制豆腐。看来，野槠林真是一方宝地。

　　这段行程可以选择坐云霄飞车。我有卫玲姐做伴，就选择了拾级下山。微风细雨中，两人同撑一伞，边走边聊，相谈甚欢。刚到山脚，听闻文友在喊："野猪，野猪！"正纳罕，只见几只黄鼠狼在石缝间进进出出。黄鼠狼粗看和老鼠有点相似，但体型长而大，尾巴蓬松，两只眼睛圆圆的，绿绿的，像小男孩玩的弹珠，又似电视里放映的绿宝石。众人童心不减，以野猪逗之，令人开怀。

　　抬眼看前面，视线突然开阔起来，原来是逍遥岩岭湖到了。湖那边有一座山，山色空蒙，长相酷似横店的八面山。大家套上一元一双的蓝色鞋套，穿上黄色救生衣，走上竹筏，坐上竹凳。竹筏漂流，凉风扑面，浪花吻衣，谈笑晏晏。湖水清澈，水光潋滟，和四周山的颜色几乎一模一样。山清水秀，我终于在这里找到了现实版的注解。

　　西班牙诗人加西亚·洛尔卡说，"亲爱的，我永远也不会对你讲／河水为什么这么缓慢流淌。"我倒想说，亲爱的，岩岭湖的水为什么这么宁静清透，那一定是因为它有一颗逍遥的心。

欠一点刚刚好

一

发现朋友的水培植物水非常少，好多根露出了水面。我对朋友说："看你忙的，水都忘记添了。"说话间，我已经将花瓶灌满了水。朋友笑道："你这就叫好心办坏事了。水这么多，根没法呼吸，反而养不好。"我仔细看了看朋友的一帆风顺，可不是，叶子绿得像刚抹了油，白色的花瓣像鼓满的帆，那饱满的精神，宛如十七岁的少年。

前段时间，同事送过来三条鲫鱼，我把鱼倒进水桶，打开水龙头蓄满水。同事说："水太多了，鱼会很累的。""照你这么说，池塘里的鱼怎么活啊。"我觉得不可思议。

"桶里的鱼不一样，我们给它的水，够它立起来就行了。水一旦多了，它上下左右都没有依靠，反而养不久。"很多时候，不是越满越好，越多越好。欠一点，才是刚刚好。同事说。

往事突然踏马而来。十几年前，我学习擀面条。我往面粉里加水，总是偏多。水一多，面粉就无法揉在一起，我只好再次添加面粉。面粉加多了，我又加水。如此反复，面团越揉越大。

如今想来，我多么像幽默漫画里的某个角色，总想做得好一点，却总是把事情推到反面。欠一点，才是刚刚好。听起来矛盾，却蕴含禅意，饱含生活的智慧。

君不见，家庭主妇总喜欢把菜烧上一大桌，担心家人吃不好。如果是请客，就更加多了，不点很多很多的菜，似乎就没法显示主人的诚意。于是乎，大家的肚子撑了又撑，还是剩下好多。舍得的，直接把剩菜倒了；舍不得的，会打包到下一餐热了再吃。长此以往，浪费资源不说，还把身体吃出了红灯。

同理，冬天的衣服，不是穿得越多越好。欠一点，给自己一点凉意，反而有利于激发身体的潜能。所有的物质条件，都不可太优越。多了，满了，人就会陷进欲望的沟壑无法自拔。而欠一点的状态，恰恰是我们的身体最舒适的状态，也是最能给我们动力的状态。

俗话说，"月满则亏，水满则溢。"说的是自然现象，更是生活的姿态。刘墉在《不完而美》中说，"做文章，句子不要太显，诡文而谲谏，寓言以讽喻，点景以生情，意味更见深长。为绘画，笔墨不必过周，以拙为巧，以空为灵，含不尽之意于画外，境界更见幽远。"为文如此，作画如此，做人亦然。话说七分，酒喝微醉，心留半空。如此，彼此才会有自在的空间；如此，我们对生活就不会奢求太多。因此，欠一点，就是少一点欲念；欠一点，就能多一点知足。

因为，再大的世界，也有角落；再强的心，也需要起伏。含蓄而欠缺的人生，才能在不完美中趋向完美。

青竹

一

最早发现青竹不对劲的人，是桂林。青竹没到退休的年龄，就不得不退了。退了就退了，可他偏偏丢不开以前的工作。青竹的工作说白了，就是做扇子。按常理，做扇子是女人的活，可青竹生了一双修长而灵巧的手。这双修长的手，干了很多粗鲁的活。

每年立冬后，青竹就跑得远远的，到深山老林里选竹子。山区的气候往往比外面低5度以上。山路盘旋，路面结冰。有一次，青竹坐的货车滑下了山路，幸好被几棵老松树挡着。同车的小年轻很多天都没有搭理青竹。青竹就是一个固执的人。他选竹子，不仅要深山里6年以上的淡水竹，还要冬天砍伐。他说，春秋的竹子容易蛀虫，夏天的竹子质地太硬。只有冬天的竹子，既适合做扇子，也不影响下一代竹子的生长。

青竹选的深山冬竹，还要在库房阴上5年。这样的竹子，无论做成什么，都经得起时光的考验，还透着淡淡的琥珀色，手感细腻如绸。

其实，青竹的绝活是拉花。在薄薄的檀香扇骨上，拉出美丽的花纹，是一项高难度的技术。拉花的工具是青竹自己做的。用经历足够风雨的深山冬竹，做一个拉弓，再拉上3毫米的钢丝，成为钢丝锯。每天像拉锯一样，不停地用钢丝锯木片，一天下来，手指手臂酸痛得无法动弹。但是，看着那些精美的镂空图案，青竹的心是踏实的。

如今，青竹的心怎么也没法踏实。自从得了帕金森，青竹就无法选冬竹，更无法拉花了。25年的拉花工作，让他的右手比左手粗了整整一圈。现在，他那粗壮的右手要夹一口菜，都是艰难的差事。往往是他抖颤颤地好容易夹住一块豆腐，豆腐却突然调皮地冲向桌面，溅起一块油污，对着他挤眉弄眼，似乎在嘲笑他的无能为力。

他的脚也不再属于自己。他想去哪，脚就是硬着不动，好容易启动了，却跌跌撞撞。桂林仿佛看见，一个纤细的玻璃杯安放在不稳定的桌子上，随时会扑倒，破碎。桂林专门去了一趟市场，选了一副鸡翅木拐杖。听说，帕金森患者一定要通过运动来加强关节和肌肉的力量。他希望青竹能拄着拐杖多去外面走走，千万别让肌肉萎缩了。

可是，拐杖一直放在门的后面，悄无声息，仿佛从来就不存在。只是青竹听从医嘱，每天都不会窝在家里。他服下帕金森的药后，就拉出一辆自行车出门去。自行车是早些年的永久牌，架子高大，车身已磨损得厉害。车前的篮子上，放着一只塑料袋，里面搁着一把扇子。

那是青竹退休前做的最后一把扇子。当时，青竹的帕金森症状已经有些明显，但他执意要自己独立完成。有人送给他同情的目光，他从不接招，让那目光像箭镞一样簌簌地掉落地面。离厂前，他努力把脚迈得稳稳的，向门卫师傅露出阳光一样的笑容。当冬风呼啸着，吹得地面的黄叶蝴蝶一样起舞，青竹居然还拉出自行车带上扇子到外面去，这让桂林有些纳闷。他决定偷偷跟踪。

桂林发现，青竹拉出自行车并不骑。他就一直拉，从村东拉到村西，再沿着水泥路拉到山脚下，然后沿着另一路线拉回。有了自行车，桂林的步子稳当多了。来到山脚下，桂林就会支好自行车，坐在台阶上，拿出扇子看着摸着。然后，他颤颤地起身，来到山脚下的竹林边，看一会儿竹子。有时，他会抚摸着竹子喃喃自语："这棵做拉弓很好。""这棵起码8年了。"桂林的眼睛突然发潮了。

"青竹，忙啊。"突然，他听到有村人向青竹打招呼。

"忙，忙。"青竹的声音因为帕金森变得含糊，却难掩他语气上的安宁。

"青竹，身体不错啊。"

"不错，不错。"

……

桂林的心，突然像打开了一扇门，有柔柔的光线透进来。他恍然明白，在青竹眼里，拄着拐杖有失体面和尊严啊。

"桂林，不放心你爸啊。"桂林正探头探脑，听到一个询问的声音，他赶紧把食指放在嘴上，向对方嘘了一声。

就让自行车当拐杖的秘密一直成为秘密吧。桂林悄悄地转身，脸上带着隐秘的喜悦。

有一种执念，和水有关

一

菲茨杰拉德在《了不起的盖茨比》中说，树木忽然长满了叶子，一切都像电影里长得特别快。在时间的洪流里，很多东西都在执着地生长，一如我对水的执念。

小学五年级，老师问我们人生的理想是什么，同学们说出了彩虹一样的美好憧憬。我却一直低着头，不敢吱声。我的理想很卑微，甚至说不上是理想，但它确实是我内心渴望的。

从小，我就是个羞涩的孩子。男孩子在水中嬉戏，笑声和水花一起飞溅，我只敢悄悄看一眼，就拔腿逃离。20世纪80年代，乡下的男孩子都在池塘洗澡，胆大的女孩子也会去池塘或渠道洗。可我，每次只能躲在家里，用大木盆的水擦洗。我用手掌掬起有限的水，它们流过身体，那么局促，那么小气，身体的每一个细胞刚刚被唤醒，还来不及欢呼，跳跃，就被摁回脑袋，强行各就各位了。更不堪的是，木盆只能放在猪栏边，两只胖乎乎脏兮兮的猪时不时哼唧哼唧地伴奏，那股难闻的味道也在伴奏声里浓郁起来。而那个用木条闩着的木门还会在不经意间被敲响。家人要上厕所或者取农具有时刻不容缓。彼时，那个洗澡的女孩就像做贼一样恨不得马上逃离现场。有一个属于自己的空间，能自在痛快地洗个澡，那该多好啊。多少次，我固执地做着这样的梦，不愿意回到窘迫的现实。

到了20世纪90年代，村里引进了自来水，不少农家用简易皮管接上水龙头，把皮管拉到门外的水泥汀地上。男人们将皮管对准身体，白花花的水肆无忌惮地流淌，把一天的汗味和疲乏冲得满地逃窜。那时，池塘大多受到污染，出去洗的人渐渐少了。我依然躲在家里，忍受着水的拘谨和冰凉。一到冬天，我就骑着自行车去浴室洗。风呼呼地吹，把两只把控方向的手吹成了冰凌。走进一小间一小间隔着的浴室，顾不上理会它的潮湿和逼仄，赶紧开出水龙头。在热气弥漫之前，身体会冷得瑟瑟发抖。好多次，我在洗澡后被感冒深深纠缠。

那几年，我爱上了一件事，那就是出差。宾馆里有可爱的莲蓬头，不锈钢的材质闪着高贵的光芒。一打开，细细的水帘花儿一样铺展，它们温柔地抚摸着，亲吻着，像母亲一样细致，像阳光一样仁慈。我长久被束缚的身体像洪太尉撕了封条后跑出来的天罡地煞，一下撒开了蹄。它们在原野上奔跑，狂叫，自由自在，无拘无束。我喜欢临睡前享受一次，次日起床后再享受一次。我享受着水不冷不热的体贴与温柔，享受着细细密密的水线刷子一样的按摩，享受着一个从儿时延续至今的梦。

2005年一个平凡又不平凡的日子，我有了一个像宾馆的卫生间。我记得那晚的月亮特别甜，是蜜糖色的。每一样东西都让我闻见了甜蜜的味道。从此，每天都能在家里享受温水澡，我听见自己的每一寸肌肤都像美玉相叩，发出叮叮当当欢乐的声响。

走进那个小房间，莲蓬一样的喷头展现着硬汉的柔情，可以调节的水温给人恰到好处的熨帖。白天再累再烦躁，晚上冲个澡后休息，一天就画上了圆润的句号。365天，无论是大雪纷飞，还是女人的特殊日子，我都享受着那份柔软的自在。

去年，我拥有了豪华版卫生间。太阳能热水器即使雨天也有热水，起冻的日子可以用电来加热。风暖浴霸取代了电暖。莲蓬头也有了两个，大的那个简直像个脸盆。当大大的莲蓬头开始唱歌，我感觉自己来到了水声潺潺的山林，听到了鸟儿啾啾山泉叮叮，看到了好多好多的负离子在舞蹈。

是啊，我们的生活正在翩翩起舞。在喧哗的回忆里，在水声潺潺中，我们走过了晦暗的日子，一步步找到了水一般清透的生活，一直走向滋润、干净和敞亮。

石斑鱼的春天

一

他和她吵起来了。他是个斯文的男人。从来没有对她发这么大的脾气。可是这次，他真的生气了。他的眼前，仿佛启动了自动放映模式，美好的镜头一个个闪现。

夏天的傍晚，他喜欢带着儿子走进那条小溪。小溪就在家门口水库的东北角。溪底铺着大大小小的石头。很多石头已经被流水冲刷得圆润可爱。小溪蜿蜒，一直从远方的山脚向村外延伸。中段有个深深的大坑，其余都是浅浅的小坑。溪边长满了芨芨草和芦苇。溪中游鱼成群，尤以石斑鱼居多。石斑鱼身姿轻盈，优哉游哉，一会儿像被孙悟空施了定身法，兀自一动不动；一会儿又像着了魔似的，突然投入于跑步比赛；一会儿又摇摆着尾巴，一头钻进石缝里亲着光滑的苔藓；一会儿又卷成一朵小花，在水中俏皮地绽放，转瞬不见……

他和儿子光着脚站在溪水里，笑眯眯地看着它们。胆大的石斑鱼会过来亲吻他们的脚趾。那种柔柔的痒酥酥的感觉，常常让儿子大呼小叫，山腰的白云羡慕得停下了脚步，一次次朝这边观望。他还和儿子一边玩溪水，一边讲石斑鱼的故事：石斑鱼和鲅鱼是好朋友。有一次，鲅鱼告诉石斑鱼捕食的秘诀。只见它窜到草丛间，张开鳞片，一动不动地伏着。越来越多的蚂蚁爬到它的身上。鲅鱼猛地闭拢鳞片，跃回水中央。所有的蚂蚁都成了它的美食。石斑鱼依法照做，恰逢一群虾游过来，对着它又是咬又是戳，直把它弄得鲜血淋漓。后来，伤口终于好了，却留下了满身的斑点。

"石斑鱼太可怜了。"儿子刚才的话和听故事时说的几乎一模一样。"你为什么要这样做？"他的声音从来没有提得这么高，连他自己都有些吃惊。她是个勤劳的妻子。为了多向土地掏一点钱，近几年她还种起了甘蔗。施肥、打畦埂、挖坑、放苗、浇水、撑苗、填土，每一步都耗费气力。可她从来没一句抱怨。为了不耽误他的工作，她一个人默默地忙活。

那天，她在家里的角落发现了几年前遗忘的呋喃丹，恰好同村的小姐妹在她家，就建议她用呋喃丹浸甘蔗苗，说这样的甘蔗以后管理就很省心了。他看到小溪边那个粉红色的袋子，脑袋就轰的一声炸了。他虽然不是农民，却很清楚这是高毒农药。政府已经禁止使用。一只鸟只要吃一颗白色的小颗粒，就会死亡。浸了呋喃丹的甘蔗虽然不会再有虫害，但人吃了也会深受其害。

而如今，这个小坑的石斑鱼一条条浮上了水面，艰难地呼吸着。他拿来一只水桶，把水一桶一桶舀到边上的污水沟里。他只希望下游的石斑鱼能尽量少受影响。小小的儿子也过来帮忙。后来，他听说，她把甘蔗埋了，让它烂成泥土作肥料。虽然如此一来损失了不少钱，但他心安。

她还让村里还有呋喃丹的人家，吸取她的教训，不要用这农药。它破坏土壤，又伤人身体，还牵连了石斑鱼。要知道，在他们这个山清水秀的小村，这条有石斑鱼的溪流就是他们的村脉，也是生命之脉啊。

如今，溪水淙淙，石斑鱼自在地游来游去。水边的芨芨草和芦苇被快乐压弯了腰。他和她，觉得自己也成了幸福的石斑鱼。

利事藕

一

有福要娶媳妇啦。阳台市石头村代销店门口,像个新闻联播站。"有福的利事藕找谁挖啊?"木根奶奶突然问道。天生没吭声。有福是个霸道之人,脑壳上长头角,总做出格的事。他给了九寸就想十寸,见到比自己弱的人,就想当人家是马,跨上去骑一回。天生受够了有福的欺。

天生两岁没了娘,五岁没了爹,靠姐姐拉扯。有福比天生大两岁,又长得高大,最喜欢吹鼓手赶场,找事闹事。乡村的冬天,小孩子最盼望的就是干塘,看人家捕鱼、挖藕。天生六岁时,石头村东边那个最大的池塘抽干了,大人们捉了鲫鱼、草鱼、白鲢鱼、大头鱼后,又把整个池塘的淤泥摸了个遍。鲇鱼和黑鱼最喜欢躲在淤泥里。

天生八岁那年的冬天,村西头的藕塘干了。大人挖藕洗藕后,留下了一点藕尾巴。天生用棒子勾了两根,稍稍洗了洗,就放进嘴里嚼。有福又不知何时出现了,一把夺过藕尾巴,三下两下踩了个稀巴烂。

"小跳蚤,你是池塘投生的,有本事买下池塘啊!"有福甩下一句话和一串歪歪的笑声走了。苦孩子天生像檀木做的油尖,在受欺负中一天天地长大。他真的和池塘结了缘。长大后的天生年年承包池塘,年年挖藕。十余年下来,天生的藕也挖出了名堂。

阳台市有个风俗，大凡结亲、嫁女、造房、生日等，都要用藕。"藕"谐音"后"，意即"有后"。尤其是结亲嫁女，非用利事藕不可。利事藕也叫夫妻藕，一般长60厘米，要求藕节一样多，藕芽不能掉一个，大藕上连着的那支小藕也要很完整。小藕喻指小孩，小藕多象征子孙多。办喜事的人家，在漆盒里放上利事藕、粽子来谢佛。没有真功夫，利事藕是挖不上来的。

　　"有福的利事藕找谁挖啊？"天生正想着，木根奶奶又问了一遍。她见没人回答，兀自说道："天生，你的坐骨神经痛这么严重，要少挖藕了。有福这人，是麻柳树解板子，不是正经材料啊。"是啊是啊。旁边的人纷纷应和。

　　"我看哪，他肯定想找你挖，只是舍不出这个脸。"不知谁说了一句。

　　次日，有福真的来到了天生家。天生看见有福赔着笑，弓着腰，硬是把心里的那股气压下去了。上门就是客，不打笑脸人啊。"你需要我做什么，尽管蚯蚓吃土，开口就是。"天生开门见山。

　　有福知道，挖利事藕很费时间和力气。往往挖好一对利事藕，其他的藕可以挖三四十斤。再说了，天寒地冻的，天生的身体又不大好。再再说了，自己这个刺球也不知伤了人家多少回。因此，有福的吞吞吐吐就完全不足为怪了。

　　"没事没事，挖利事藕对我来说是卖肉的切豆腐，不在话下。明天我就把藕塘干了，你去忙你的就是。"

　　天生说到做到。干了藕塘的那个下午，下了雪。天生在藕塘中心地带挖出了一对利事藕，小藕多，藕芽齐，把有福乐得掉了下巴。藕塘干了，藕要趁早都挖上来，否则下雪下雨积了水就坏事了。不想天生在次日早上下塘的时候，被冻住的塘泥闪了腰。这一闪，就闪到医院去了。

　　医院里，天生度日如年。挂在半空的吊瓶，怎么看都像藕节，白白的，胖胖的。可惜，这么好的藕都挖不上来了。藕塘不挖藕，没有钱赚不说，来年的藕也长不好。左牵右挂中，天生出院了。一进村口，木根奶奶就叫住了他。

"天生啊,有福带领乡亲们帮你把藕挖了。大家都说,人靠心好,树靠根牢,再冷再累都要帮衬帮衬……"

天生的眼前闪现了雪花中的藕塘和一对对的利事藕,看得人心辽阔而欢喜。

每个人都有属于自己的树枝

一

力克·胡哲注定是个与众不同的人。他天生患有海豹肢症,没有手,也没有脚,任何事都只能请人帮忙。他曾三次尝试自杀,都没有成功。

十岁那年,他第一次意识到"人要为自己的快乐负责",决定好好地活下去。他开始与人分享他的经历,并到不同的地方去演讲,到处散播希望与爱。慢慢地,他相信每一种"无能为力"中都有"能力"。为了不让别人嘲笑他,他学会了自黑,学会用幽默的语言博得大家的关注;为了不给家人带来太多麻烦,他尝试着抓取东西、写字、翻书……如今,他拥有了自己的公司,出版了两张畅销全球的DVD,还写了书,拍了电影。合上《人生不设限》一书,力克·胡哲的倔强自强如田野上毫无遮拦的阳光,倾泻我心。

土耳其有句谚语:"上帝为每一只笨鸟都准备了一个矮树枝。"上帝的树枝有高有矮,有长有短,有漂亮有丑陋,但每个人都有属于自己的树枝,每个人都能活出属于自己的精彩。

约翰·伯特兰·格登被公认为是差生,可是他坚信自己在生物学方面有潜力,从来不放弃努力,最终成了克隆教父,获得了诺贝尔奖。江苏无锡有个叫徐晨达的青年,是名血友病患者,如果不小心受伤,伤口就不能愈合。他整天只能待在家里,上下楼梯要父母背。然而,他没有消沉,他相信每个人都可以找到自己的位置。他以惊人的毅力，从事网络小说写作，还出版了历史军事题材的长篇小说，被当地评为青年楷模。

张海迪的事迹更是妇孺皆知。张海迪说："人就像一部机器，残疾人就像部分零件损坏一样，不能因此就把整部机器毁掉，那些能用的部分还是大有价值的。"她练习写作、唱歌、学外语，收获了无数的精彩。

每个人都应该爱自己，了解自己是不完美的，并坦然接受这份不完美。只有接纳自己，爱自己，才会让自己走在越来越完美的路上。每天早上照镜子时，我们不妨对那个镜中人弯起45度嘴角，说："又是新的一天。你准备好了吗？"

生活中，我们经常会被不良情绪偷袭，我们悲伤，我们难过。但难过之后，我们要振作起来，调整好心态。就像力克·胡哲说的："活在信心中比活在绝望中更接近真理。"信心就像氧气，虽然看不见，却能帮助我们活下去。相信自己，就是在给自己的未来机会，就是在给梦想飞翔的翅膀。

北极燕鸥，世界上飞得最远的鸟。为了追逐太阳，它们夏天在北极，冬天在南极。无数次被狂风吹离航线，无数次被大鸟击出伤痕，但它们始终不放弃追逐的梦想。

"跌倒七次，要爬起来八次。"这句话恐怕是力克·胡哲敢于奋斗的最真实写照。为了走上美好的道路，他咬着牙不断地从跌倒的地方爬起，用微笑治疗累累的创伤，勇敢地迎接下一次考验。

上帝关了你眼前的门，总会为你打开另一扇窗。人生在世，谁都会遇到挫折和困难，可怕的不是困难本身，而是我们内心深处的恐惧感和逃避感。请君记住：人生没有失败，只有暂时的没成功。每条堵住的路，都有一个出口；每只飞翔的鸟，都有一方自由的天空；每个逐梦的人，都有属于自己的树枝。

联趣追华年

一

踏进故乡,感觉整个人都明媚起来。我的故乡实现了新农村改造,以前的低矮房全不见了,取而代之的是一排排整齐有序的新房子。家家户户挂着火红的灯笼,门上贴着一个个洋溢着喜气的"福"字。以前的春联,全成了整齐划一印刷得很漂亮的"福"字,有的干脆挂上写着"福"字的中国结,看起来高端大气上档次,可我,总觉得少了一点什么。

久远的时光穿过黄澄澄的阳光,向我翩然走来。那一年,我读小学五年级。临近春节,王叔鼓励我拿起毛笔给村人写春联。在我眼里,王叔是村里墨水最多的人。前几年,我看过他裁红纸写春联,老师也教我写过几回毛笔字,可真正叫我披挂上阵,我的字能行吗?王叔像看透了我的心思,说:"你的字,好看。年轻人,要多练练才好。"

于是,我赶紧练上了。那时,农村人最爱贴的春联是"六畜兴旺""恭喜发财""合家幸福"和"身体健康"。我只要练好几个词,反复地写就行了。

红纸是村代销店买的,要折好,裁好,并不容易。这些事,自然由王叔帮着做了。我反复练写的字,总也不能令我满意。小时候的我,一直是个倔强的孩子。早上扎头发,不是嫌矮了,就是嫌没理平整,每天都会扎上很多遍。王叔无疑是懂我的,他会在一旁大声地鼓励说,很不错,很大气!

我把裁好的四方红纸放成菱形，郑重地在最上边的角上写下了"六"，看热闹的村人，在一旁说："六畜兴旺"。是的，猪啊、羊啊、牛啊、鸡啊，它们是村民生活的好伙伴，日子也是靠着它们的兴旺有了更大的奔头。

可是，我一紧张，这个"六"的短捺，往右画过了头，像长捺了。我毫不犹豫地把红纸抓在手里，揉成了一团。王叔平静地说："没事的，继续写就行，不要半途而废。"

后来，我终于一鼓作气写了一张又一张。周大爷是村里的孤寡老人。他一连声地夸我谢我，皱纹纵横的脸上，笑容像一杯盛得太满的农家酒，不经意间，溢了满脸。周大爷乐呵呵地领走几张春联没多久，有人来到我面前，未开口就先笑上了，笑得猫下了腰，笑得周围的空气全变了形。我心里七上八下的，暗自思忖：就算春联写得不好看，也没必要这么对我吧。

良久，我才听清了笑话的内容：周大爷在睡觉的那间房门上贴了"六畜兴旺"，在猪栏上贴了"恭喜发财"。哈哈哈，全场都笑喷了。写好春联后的第二天，我变得爱走动了。我要看看我写的春联贴在别人家门上的样子，我想看看还有没有像周大爷一样闹笑话的人，我更想知道我写的字会不会太难看。

午后时分，我一直在王叔家门口走来走去，却不敢明目张胆地走，总是假装无意间路过的样子。终于，我逮到了一个机会，上去撕"合家幸福"。恰在此时，感觉有脚步声向这边传来，吓得我赶紧直起身来往前走。

可怜我折在怀里的春联都要揉皱了，也没时间拿出来。哎，王叔家春联上"合家幸福"的"家"字一捺太重，越看越让我不安。既然没机会换，那也就只好让它逍遥一年了。以后写毛笔字，一写到捺笔，我就会莫名地紧张，总会想起那年春联上过重的捺笔。

如今，曾经一笔一笔写出来的春联，已被时光封存了。可我总觉得以前的春联尽管粗糙，但手工，DIY，更能给人难忘的乐趣。

你的视而不见，是淡淡的暖

一

儿子所在的学校迎来了一批荷兰学生。16岁的Naud作为埃因霍温市凡·马兰特列斯姆中学的交换生来到我家。我做了丰盛的早餐，准备了筷子和调羹供他选择。Naud想入乡随俗，体验中国筷子的魔力。他拿起筷子倒是有模有样，可是在夹淮山山药的时候，Naud的筷子一偏，滑滑的小山药忽地跑到了桌子上。我用眼角的余光发觉，Naud有点紧张，他瞄了一眼坐在对面的我，以很快的速度用左手把山药捡起，放到了碗上。前后的过程，不过一两秒。

过了一会儿，饺子从Naud筷子上滑了下来，刚好落在碗的边缘。Naud又迅速查看了大家的反应，发现每个人都在认真地吃着，没有注意到他这里的状况，Naud的脸色放了下来，又一次借助左手，让饺子回到了碗里。后来的几次用餐，Naud越来越放松，筷子也使得越来越顺手了。

如果当初，有人盯着Naud的筷子发笑，或者说一些"没关系没关系"的安慰话，Naud也许会很尴尬，甚至在以后的日子，不敢再尝试用筷子。在李森祥的《台阶》一文中，要强的父亲以毕生之力，造了一幢有着高高台阶的新房。房子造好了，父亲也老了。在挑水过台阶的时候，那根很老的毛竹扁担受了震动，发出"嘎叽"的惨叫声，父亲的身子晃了晃，水便泼了出来。儿子连忙去抢父亲的担子，父亲很生气，他很粗暴地推开我，说："不要你凑热闹，我连一担水都挑不动吗！"带着复杂的情绪，父亲烦躁地挑水进厨房，生生把腰闪了。

在父亲的信念里，他是个不倒翁，是个钢铁侠，有着使不完的劲和力，怎么可以连一担水都挑不动呢！当年的自己，可是一口气能把三百来斤的青石板背上三趟啊。倔强的父亲怎么能接受这样的事实！怎么能在儿子面前丢了面子！于是，儿子的一片好心办成了坏事。

朋友梅知性优雅，一头浓密乌黑的秀发扎成一束，很温顺地伏在背上，像春天里的白杨树，挺拔，饱满，还散发出淡淡的茉莉花香。文和隽对梅发起了爱的攻势。两人各方面旗鼓相当，我们都觉得梅很难选择的时候，梅做出了她的决定。

梅告诉我，她是凭着眼神来选人的。眼神？我的眼睛瞪大了。梅说，文和隽都是暖男，对她都不错。可是，文总是建议她把头发散下来，每次看她，总是盯着她的右脸颊，眼里流淌出特别的情愫。而隽，他的眼神总是平视梅，似乎每一眼都能把梅整个人温和地包裹。

我明白了。文的眼里，写着的一定是可怜或疼惜。而隽，他的眼神表达的一定是平等和尊重。因为，梅的右脸颊有一块铜钱般大小的胎记，像一只咖啡色的蝴蝶固执地停歇在她白皙的脸蛋上。

有时，你的视而不见，不是冷漠无视，而是一份淡淡的暖意。它像冬日的阳光，以柔和的姿态抵达人的内心。

原来想你就是一种想哭的感觉

一

读小学时，曾经看到一篇文章，说是歹徒来的时候，那个口口声声说很爱自己的叫阿黄的男朋友逃得没了踪影，而那只叫阿黄的狗却奋力扑向歹徒，救下了女主人公。

很长一段时间，我都幻想着自己也有一只大狗，像保镖一样守护着我的安全，为我跟进跟出。

实际上，我是那么地怕狗。村里不少人家养狗，我都不知道该如何行走。往往冷不丁窜出一只狗狂吠，实在让人心惊。有一次，我拼命逃，狗拼命追，把我吓得不成人样。当时，我真希望所有的狗都从地球上消失。

江湖一别数十年，我喜欢上了狗。它是邻居家的小狗，经常来我家玩耍、吃食，跟着我们走一段路。后来，因为它惊了一个老人，被主人送出去了。一次又一次，它都找回来。最后一次，它躲在我家，毛发杂乱，眼神哀伤。最终，它还是被送到了一个找不回来的地方。老爸和老妈觉得可怜，念叨了好多天。

有一天，听说儿子姑妈家那只小品种狗生了小狗，我们仨立马赶过去。它全身浅咖啡色，尾巴中间有一圈白。两只眼睛圆溜溜的像玻璃珠，好像会说话。很小很机灵的它抓了半天才捉住。一路上，它待在汽车里，眼睛盯着我们看，我们热烈地讨论着该取什么名字。巧克力、棒棒糖、小小，最后定下叫小不点。

这是我家第一次养狗。刚开始两天，它在晚上低低地叫，声音很是悲伤。想到它刚满月就离开母亲，我怎么也睡不着，一次次起来看它，和它说一会儿话。到了第三天晚上，叫声几乎没了。白天，我们不停地喊它名字，把食物放在手心一点点挨近它，用手轻抚它的头。慢慢地，它和我们不生疏了。我喊一声小不点，它立马就会跑过来。

一周后，我们发现它老是搔痒，原来身上有很多跳蚤。一拨开毛，就能发现很多很多跳蚤在跳，却捉不住。我心里着急，就抱过它直接拿到水龙头下冲，希望能把跳蚤冲走。十月的天，有些凉了。它冲的时候并不反抗，我一放到地上，就痉挛了。它站不起身子，斜着在地上冲撞、摩挲。其时，门口的阳光照在它身上，像泼了一地的温开水，我祈祷它能快点暖起来。没想到，过了一会儿，它真的能站稳了。

次日，我买了药水喷湿它的毛发，再蹲下来捉跳蚤。跳蚤遇到水不跳了，却好像吸在肉上一样，要一个个揪下来，很不容易。小不点很乖，随你把它弄成什么样都成，立起来，肚子朝上，低头，抬脚，每一个动作它都很配合。边上放了半盆水的脚盆慢慢变黑了。那是跳蚤的颜色。半天过去，我感觉差不多了，想站起来，却是不能。四肢麻木，眼睛发晕。过了好久，才恢复。

以后的日子，小不点经常跟着我们进进出出，好像和我们一样忙碌。我去上班，它非跟来不可。我一次次地赶它，或干脆把它关在家里。有一天晚上，我去学校取快递，它跟着。半路遇上一只凶狠的大狗，它躲在汽车底下不肯出来。大狗的主人说："你这种土狗，养它做什么！"言语中满是不屑，大概他的那只是名贵狗吧。回来时，小不点很争气地又跟上了我。这是小不点第一次走比较远的路。

　　老爸和老妈去乡下看病，小不点也要跟去。它围着老爸的裤脚转啊舔啊扯啊。老爸怕路远有闪失，不想它一路狂追，跑得躺下来喘气。老爸抱它上了电动车。一次两人去逛街，它又跟去，结果被汽车擦身而过，撞飞了几米，老爸吓得说不出话来。却见它又会走了。一次，老爸出去散步，把它关家里。它跑到厨房呜呜叫，想叫老妈开门。老妈开了门，它赶紧追出去。

　　在家的时候，它喜欢追尾巴，一圈圈的，追着尾巴跑；它也喜欢咬脚趾，咬得很认真，一咬就可以小半天。真像个小孩子。有时，小不点还会把大号拉在家里。我生气了，晚上不许它在家睡觉。它一听到我的一声"出去"，就赶紧跑到门口花坛里蹲下，在明亮的路灯下，它的眼睛可怜巴巴地看着你。以为这样的日子可以一直一直地走下去，不料……

　　那天，是个很平常的日子。我下班回家，看见小不点在街路的一边和几个小孩子玩耍，就喊它。它和往常一样朝我奔来。与此同时，一辆电动车飞驰而过，正好从它身上碾过。我大喊，声音完全变了。小不点惨叫着，依然向我这边滚一样地过来。它耗尽了最后的力气。它眼睛大睁着，却不再会说话。它就这样走了。

　　我在路上放声哭泣。泪水直接跌落在地，开出疼痛的花朵。有人过来说："再买一只就是了呀。"我反感，却懒得理会，直接抱着小不点回家。老爸见了，也哭了。我眼睛红红的，心中如银针猛扎，只剩悲伤逆流成河。小不点，还没长到三个月，就走了。是我害了它吗？

　　一天又一天，我总是不能原谅自己。每次走到路口，我都好像看见我的小不点在那玩耍，向我奔来。痛苦的镜头一次次回放，我一次次沉陷其中。两天后，我实在熬不住，哽咽着向孩子的姑妈打了电话："姐姐，小狗被撞了，你家的狗又怀孕了吗？"

　　"你不要难过了。以后怀孕了，你再抱一只去。"姐姐说。再养一只，还是叫小不点。希望它和它长得一模一样，也有一双玻璃珠一样的眼睛，也很会黏人。想着，我的眼眶又发潮了。

铁锅又破了

一

铁锅又破了。一个绿豆大小的洞，正在吧嗒吧嗒滴水，火被抚摸得没了脾气，黑着脸，低着头，小心地接触着锅底。我想把锅往一边侧，可是锅不听我的话，刷的又溜回原位。

朋友得知情况，邀请我去她家吃饭。她在微信里放话："我家的锅用了几十年了，还是很结实。你该有多恨你的锅啊。"

说来也真奇怪，才一年多时间，我已经炒破了两口锅。前一个锅还搁在门口，等着哪天送一株植物陪伴它，下一口锅又准备结伴去了。莫非在一日三餐的训练中，我的手力臂力功夫日长，我的薄锅经受不起了？一路想着，踱到了朋友家。

朋友正在厨房忙活。我顾不上欣赏她婀娜的背影，直接去考察她家的"神锅"。这锅长相憨厚，不如我的锅灵巧。

"你的锅厚多了。"我得出结论。"再薄也是铁锅，整得你家的锅纸糊似的。"朋友笑着，把酸辣土豆丝装入盘，"铁锅怕太热入水，等它凉一点了再洗。"过了一会儿，朋友拿过一个土黄色的东西，洗起锅来。"这东西就是丝瓜络吧？"我突然来了兴趣，"小时候，我经常在冬天的田野里找到一个个风干的丝瓜，把外皮剥了，拍出里面的黑籽炒了吃。"

"这是天然的洗锅工具呢。"朋友一边说,一边用丝瓜络来回刷动,锅没几下就恢复了清爽的面貌。水声哗哗。我的心也起了波澜。

我家买了好多钢丝球。黑白色的钢丝球总能在关键时刻助我一臂之力。有时菜烧煳了,有黑色的东西固执地粘在锅底,只要请出钢丝球,就能把那些小顽固三两下就除得一干二净。我想起刚用新锅时,钢丝球把锅底刷出了划痕,我当时有些不舍。慢慢地,就习以为常了。为了防止碎下来的钢丝球混入菜肴,我总是把锅放在水龙头下冲了又冲。"看到了吧,这丝瓜络又干净又好用。"朋友得意地说,"等下你带几个去,我每年冬天都会收集好多的。"

吃饭的时候,我一直心不在焉。说起来,我也算是一个有点懂生活的人。我出生在农家,非常熟悉田野里的植物,尤其是丝瓜。我曾经炒过丝瓜嫩叶,也曾把丝瓜花拌进番薯粉里做出美食,也炒过喷香的丝瓜籽,为什么独独把丝瓜络弃在一边?

很多时候,我们需要捡起一颗返璞归真的心。而不是穿行在钢筋水泥的丛林里,把自己也走成了坚硬的钢丝球,以至于划伤了别人还不自知。每一个生活的细节里,都应该有一颗如入水的丝瓜络一样的心,柔软,妥帖。

孤独的朝圣者

一

安德烈·纪德因《背德者》等作品获得了诺贝尔文学奖。诺奖委员会评价他的作品："内容广博和艺术意味深长的作品——这些作品以对真理的大无畏的热爱，以敏锐的心理洞察力表现了人类的问题与处境。"

纪德生活在新教家庭，中年以后，他完全摒弃了传统道德观，他的特立独行招致无数的谩骂。他的获奖饱受争议。但他始终坚守本心，真诚写作，成了许多人的思想泰斗。

《背德者》宣扬了纪德主张的背德主义，小说主人公米歇尔藐视既定的道德观念，大胆追求个人主义。米歇尔奉父命结婚，有些行为如恋童癖等，明显违背伦理道德，他的妻子玛丝琳因此抑郁而终。

《背德者》几乎就是安德烈·纪德的自传。生活中的纪德娶了他的表姐玛德莱娜。可是，他一直无法践行对玛德莱娜的爱情。这份爱情与他向往的自由产生了矛盾。小说中，玛德莱娜的化身玛丝琳的去世，既彰显了米歇尔在追求自由的道路上更加无所羁绊，又饱含了纪德深深的忏悔。

纪德的《背德者》在艺术上打破了19世纪传统的小说模式，以法国古典文学的完美形式表现了现代人的复杂感情，为传统的小说模式重铸了新典范。《背德者》不以情节取胜，文中独特的思想是最吸引人的地方。

"生活有千百种形式,每人只能经历一种。艳羡别人的幸福,那是想入非非,即使得到也不会享那个福。现成的幸福要不得,应当逐步获取。"

"人总以为占有,殊不知反被占有。"

"阻止幸福的,莫过于对幸福的回忆。"

"怕自己孤立,根本找不到自我。我十分憎恶这种精神上的广场恐惧症,这是最大的怯懦。自身感到的不同于常人之点,恰恰是稀罕的,使其人具有价值的东西。然而,人们却要千方百计地取消,就这样还口口声声地说热爱生活。"

关于幸福和孤独,纪德做了很多精辟独到的论述。这些思想像一股山野的风,给人带来精神上的巨大冲击。正如纪德本人,孤独另类、才干出众、知行合一、行动力超强。加缪评价说:"纪德对我来说,是一位艺术家的典范,是一位守护者,是王者之子,他守护着一座花园的大门,叫我愿意在这座花园里生活。"莫里亚克则认为,纪德在世一天,法国便还有一种文学生活,一种思想交流的生活,一种始终坦率的争论……而他的死结束了最能激励心智的时代。

在这个世上,多少人习惯扎堆习惯凑热闹,他们没有自己的思想,更没有时间直面自己的灵魂。别人的一个目光一声评价就能左右他们的心情。殊不知,我们身上不同于常人的地方,才是最有价值的地方。

没有人是白白老掉的

一

在安东尼导演的电影《冷山》里,女主角妮可·基德曼美丽优雅,男主角裘德·洛戴一顶礼帽,穿一身黑色制服,酷到了极致。可是,让人刻骨铭心的却是影片中的一个配角,一位独居山野的老妇人。她在救了负伤的裘德·洛以后,用一种惊人的平静,取走了羊的性命,平静地将鸦片抹在裘德·洛的伤口上,平静地听他讲述对爱人的思念,再平静地送他离开。

这不动声色的平静才是见过大世面的派头啊!这样的智慧,这样的淡定,没有一定的年龄和阅历积累,是断然不可能拥有的。影片中,纳塔莉·波特曼扮演的那个漂亮寡妇就只知道哭哭啼啼了。而我,在一点点意外的事情面前,总会惊慌失措,脑袋像被格式化一样,空白一片。

记得有一次割稻子,镰刀割上了我的左手无名指,我一见血就没了主意,只顾着大声地哭了起来。老爸从容地在田畔上拔了一种草,用嘴巴嚼碎,敷在上面,说这是很好的刀口药,过一会儿就没事了。那种自信和淡然,由不得你不相信。看着老爸脸上的皱纹,我觉得那就是智慧囊。

想起那个小时候老爸讲的故事:从前,有个皇帝觉得老人不仅没用,还浪费资源,于是下令:凡是活到60岁的老人全都要杀掉。有一位中年人,他的父亲已经60多岁了,他把父亲藏到了深山里。后来,两个国家打起来了。皇帝没了主意。中年人向他献了良计。国王很高兴，要重赏。中年人说，他的一个个主意都是老父亲出的。皇帝听了很震撼，才恍然明白，没有谁是白白老去的，智慧在老人的脑袋里。

是的，没有一棵树是白白落叶的，没有一朵花是白白凋零的。今天的落叶是昨天的积累，明天的营养；今天的落花是曾经的容颜，将来的记忆。逝去的岁月在你的脸上刻下了皱纹，它是你的财富，你的智慧，更是你的自豪。

舍弃生命之鳞

一

在太平洋的布拉特岛上,生活着一种鱼,叫王鱼。王鱼的非凡之处在于,它可以选择自己有鳞还是无鳞。选择有鳞的王鱼比无鳞的大出四倍,耀武扬威,颇具王者之风。然而,随着身体机能的退化,身上的鳞会脱离。王鱼无法适应无鳞的生活,就挣扎自残,直至死亡。选择无鳞的王鱼眼里是水,水中是它,过着于王无争、优哉游哉的生活。做人,亦像王鱼。

19世纪荷兰最伟大的画家凡·高的艺术天分卓尔不群。如今,他的名画《嘉舍大夫》在纽约克丽丝蒂公司,以8250万美元售出。而他的《向日葵》和《鸢尾花》的价格则飙升至1亿多美元。然而,他深陷情狂,犹如瘾君子特别依赖"魔鬼的龙涎香",终使艺术之花过早凋零。权利、金钱以及情欲,皆是厚重的鱼鳞。

苏格拉底,父亲是雕刻匠,母亲是接生婆。而他,则雕刻起了雅典人的灵魂,担当了他们思想的接生婆。他决不收礼,认为一个人从任何人收取金钱,就是给自己树立一个主人,把自己变成了奴隶。

一个有钱有势的崇拜者要送他一大块地盖房,他问道:"假如我需要一双鞋子,你为此送给我一整张兽皮,而我竟然接受,岂不可笑?"诸葛亮在上后主刘禅的表中写道:"成都有桑八百株,薄田十五顷,子弟衣食自有余饶……

若臣死之日，不使内有余帛，外有赢财，以负陛下。"一个将名利视为草芥之人，将是何等的潇洒从容、神定气闲！

意大利画家阿马代奥·莫迪里阿尼创作的肖像画里，许多成年人都只有一只眼睛。画家解释说："这是因为我用一只眼睛观察周围的世界，而用另一只眼睛审视自己。"是的，每个人都需要审视自己。"灵魂没有庙宇，雨水就会滴在心上。"（奥地利诗人里尔克）什么是生活本身，什么是生活之鳞，需要我们叩问自己，从而正确地选择。

影片《卧虎藏龙》中有一句经典的台词："当你紧握双手，里面什么也没有；当你打开双手，世界就在你手中。"选择，其实是一种舍弃，对诱人的生命附属物的舍弃。

餐厅里的人生姿态

一

前不久，应邀参加了中国作家协会主办的全国青年作家专题培训班。每一餐，都在省委党校吃自助餐。会议、采风、旅游等，我和各种各样的群体吃过自助餐，见识了餐厅的"众生相"。有位看起来漂亮又时髦的女士，毫不顾虑后面的人，把海鲜全部取走，把碟子堆成了小山；有位姑娘一下子拿了五个葱油饼，最终只吃了一个；有人公然在说，什么贵就吃什么，可不要当傻瓜……

每次看到碟子里剩下的食物，我的心就会不安。我是农民的女儿，经历过贫穷和饥饿，经历过纠结和无助，看到好好的食物被糟蹋，就恨不得吼上一嗓子。可是，我不敢。不过，如果对方是我熟悉的人，我就会默默地在心里打上一个符号，从此不愿走得太近。

几年前，瑞士卢塞恩的四星级莫诺普尔酒店发起"饥饿图片对抗自助早餐浪费"的行动，其中有一幅照片是一只秃鹰盯着一名饿得奄奄一息的非洲儿童。一些瑞士媒体还以"震撼图片对抗贪婪的中国人"为标题报道此事。

媒体还报道过这样一件事情：一群中国孩子去国外游学，吃自助餐时剩了好多食物。边上的一位外国老太太站起来，严厉要求中国学生必须把食物吃完。有中国学生回应说："我们自己出的钱，又不是吃你的，我爱剩多少，就剩多少。"老太太正色道："资源是大家的。谁都没有资格浪费。不吃完食物，谁都不允许离开！"这些镜头，在脑海中一一闪过。我跟着作家同学取了自助餐坐了下来。

我的碟子里放了不少食物，有素菜更有荤菜，还有一条现烤的小黄鱼，一个现烘的小肉饼。北方的男同学点了面食，有葱卷、有馒头、有馄饨，再加红烧肉西蓝花。有位小个子女同学只拿了两个蛋挞和一杯咖啡。她平静地看了我一眼。我知道她这一眼，是有内容的。

果然，当我把所有的食物都吃完的时候，小个子同学冲着我笑了。她不知道，我只是肚量大，没有浪费的习惯。我看向大家，发现个个都是各取所需。

这时，我讲起了几年前中国孩子吃自助餐的故事，大家就此聊了起来。北方的同学说，人这一生，大约要吃掉50吨食物，其重量是人自身的700多倍。地球，其实负担不轻啊。小个子同学说，人家外国老太太的境界是高。浪费食物，小而言之是浪费资源，大而言之是破坏环境。

我在心里为他们鼓掌。一个小小的餐厅，折射出不同的人生姿态。你，是属于哪一种？

第四辑

会行走的康乃馨

母亲捧着一大束康乃馨,满脸绽放康乃馨一般的笑容。
她接受着一路的目光,神采奕奕,仿佛她的女儿已经成了作家。

会行走的康乃馨

一

14岁那年,想辍学的我,硬是被母亲送到了远在十几公里外的学校。我的班主任是语文老师,姓贾。她喜欢自己朗读课文,有时读到感人处,就会唰唰地流下泪来。我却平静地看了看她,把头转向窗外。

窗外的橡皮树高大挺拔,宽大的叶子在阳光的照射下,泛着水波一样的小光泽。我相信看起来强大无比的橡皮树,有着它自己的悲伤。那悲伤也许像叶子上细密的纹路,每一个远观的人,无法发现。当心底的伤感一浪一浪涌起,我会胡乱地写在本子上。

周末回家,母亲看着我清爽的样子很是高兴。她把自己种的豌豆晒干后,炒得香喷喷的;把新鲜的嫩花生洗得白白的,加上茴香辣椒等佐料,煮得喷喷香;她还摘回一个老南瓜,一步一步做出金灿灿的南瓜饼。"一到学校,就给班主任送去,叫老师趁早吃了。"母亲一再嘱咐。好容易到了学校。我看着这些东西犯了愁。丢了吧,对不起自己付出的力气;送老师吧,要多难堪就有多难堪。最终,我在寝室里吆喝了一嗓子……

一个多月后,贾老师突然通知我叫母亲来学校。很多老师喜欢叫家长来学校。他们认为,家长的责任缺失,孩子就难管。贾老师平时不喜欢叫家长。可见,她对我是多么无奈。母亲接到我的传话,久久说不出话。彼时,她正在番薯田里。她的锄头没有停,却把好端端的番薯锄破了一块又一块。风把她额前的头发吹得一团乱,也许她的心更加乱。

母亲找出箱底一件紫色的带小碎花的衣服,很认真地穿上,却忘了抹去鞋底的泥巴。她拎上一袋子洗好的番薯,和我一起坐上了去学校的三轮车。母亲和我到的时候,贾老师在校门口张望。母亲说着"麻烦老师"的话语,把番薯往老师怀里塞去。贾老师愉快地收下了。母亲很激动,老师不嫌弃她的劳动果实,给了她很大的鼓舞。她突然问道:"上次我做的南瓜饼,老师喜欢吃吗?"

贾老师愣住了。我感觉天提早塌下来了。没想到,也就两秒钟的功夫,老师笑着说:"好吃,很好吃!"老师领着母亲去了教室。底下一双双目光探照灯一般直射过来。老师把母亲拉到讲台上,按她坐下。母亲紧张无措,双脚来回拖着,水泥地面上,出现了泥巴,一点,一团,很扎眼。

我正想夺门而走,却见贾老师变戏法似的拿出一束粉色的康乃馨和一本火红的荣誉证书,把它递到母亲手上。"谢谢你培养了这么优秀的女儿。她的作文获得了浙江省一等奖……"贾老师还说了什么,我都听不到了。我的眼前,全是母亲的笑脸和那美丽的康乃馨……

回去的路上,母亲捧着一大束康乃馨,满脸绽放康乃馨一般的笑容。她接受着一路的目光,神采奕奕,仿佛她的女儿已经成了作家。这束康乃馨,一路芬芳后,被母亲精心伺候在家里,又芬芳了一个多月。而我,长时间地沉浸在那份突如其来的喜悦和感动中,沉浸在同学们对我膜拜的眼神中,沉浸在粉色康乃馨持久的芳香中。从此,我不再游戏生活逃避学习。

很久以后,我才知道,我交错了作文本,贾老师看到我写的心情文,帮我修改后,又一字一字地誊抄了一遍,寄了出去。

我的老师,用她细腻的爱,给了我自信的阳光,帮我走出了青春期的叛逆和迷惘。她像会行走的康乃馨,挥洒一地的芬芳。

红鼻子

一

那年冬天，特别寒冷。屋檐下的冰凌结得像一道道水晶帘。村口的池塘冻成了溜冰场，小孩子往池塘扔木棒扔小石子，比赛谁投出的滑得更远。我身体瘦弱，妈妈担心我扛不住寒冷，每天上学，会递给我一个火炉。火炉是极普通的那种，是我爸爸自己做的。黑乎乎的一圈铁皮加一个底，上面烙一根柄。

学校就在我们自己村里，是牛棚改建的。操场北边的柱子上，挂着一块长方形的生铁块。每天，陈老师用一把小锤将它敲响。陈老师有着竹竿一样的身材，一到冬天，鼻子就总是红红的。看到我拿着小火炉，陈老师笑眯眯地说："小秋，火炉不要烧了衣角啊。"

"是，谢谢红老师。"我心里欢喜，竟然说漏了嘴。私下里，我们叫红鼻子的陈老师"红老师"。陈老师淡淡一笑，那笑容带着几分腼腆。

一到下课，我就拎着小火炉往操场东边走。三丫跟在我后边。操场很小，有时候充当村里人的晒谷场。操场边芨芨草一丛一丛又高又大，可以挡风又可以坐。

我找了一根细细的铁丝，将铁丝卷成螺旋形的勾，成勺状，上面留一杆较长的柄，一次可煨两三粒豆。把豆子放进火炉，转着加热，不消一分钟就能闻到诱人的香味。有时还会传来轻轻的"爆炸"声。三丫是个小鬼灵精，豆子一拎出炭火，她就用大拇指和食指捏起豆子，边吹气边急急地往嘴里送。

两个人吃，一次煨两三粒豆不够吃，我又想出了新的点子，在火炉中放入一只小铁盒。那是妈妈用完雪花膏的铁盒，小小的，火柴盒大小。这样，一次可加工一小把豆。但是，没有那么多豆子。"我家有。豆子我包了。"关键时候，三丫让我心里实实的。时光像操场上的芨芨草，结结实实蓬蓬勃勃。寒冷的冬天，因为火炉的存在，我们的乐趣不知道翻了多少倍。

冬天快过完的时候，三丫的妈妈杀进了学校。三丫一看，吓得小脸煞白。"老师，你的学生把我做种子的豆都吃掉了！你说咋办？"三丫的妈妈声音高亢而愤怒，好像立马要燃起熊熊大火。我吓得赶紧到了柱子后面，三丫躲在我后面，大气都不敢出。"三丫妈妈，对不起对不起，是我没教育好。明天我让三丫把豆子送过来。"高大的陈老师边说边弯着腰，我真担心他的细腰会折断。

几天后，又一个女人杀进了学校，是师母。陈老师赶紧把师母往他那个又破又小的办公室里领。可是，骂声还是穿过了紧紧闭着的门。"你傻啦！筋搭住了！没了豆子，咱家种什么吃什么！"几分钟后，校园平静了，陈老师的左脸颊有隐约的乌青。我和三丫哇地哭了。

"老师，我们帮你敲钟。三下连敲，是预备。二下连敲，是上课。一下一下敲，是下课。连起来敲，是放学。"连累了陈老师，我们多么希望帮他做一点事情。陈老师笑了，说："操场风大，把鼻子冻红了，就难看啦。你们好好学习就是帮老师，能做到吗？"

"能！"我和三丫异口同声地说。回家的路上，我对三丫说："老师的红鼻子一点不难看。"三丫点点头："我觉得也是。"从那天开始，我和三丫每一天学习都非常认真，每一天都觉得心里暖暖的。

我的名字叫语文老师

一

我从没想过，我会当一名初中语文老师。作为中师毕业生，作为美术老师书法老师的宠儿，我希望自己能和小学生打交道，教他们画画，或者写字。

当初中的校长和书记几次三番地披着星光登门游说，还说出"萧何月下追韩信"的话以后，我踏上了一条未知的道路。校长语调高昂，每一个字符都流淌着信心："他们都说，你语文功底很好，是初中毕业就能教初中的。我看好你。"

可是，我不看好自己。我和初中的学生才相差几岁，我怎么管得住他们？语文这门学科，听起来容易，教起来简直就是老虎咬天空，我又该如何下手？

果然，我被现实撞得鼻青眼肿。我让学生回答问题，小张同学不愿意站起来。他眼角鱼儿一样忽忽忽游动了几下，大声说道："老师，我爱你！"他字字拖音，把尾音念得又高昂又绵长，引来了满堂哗哗哗的排山倒海。我感觉脸上有千万只蚂蚁在爬，那种被啃噬的无奈，简直要把我吞没。我在心底咆哮："校长，您可害了我！"

我布置学生课堂写作文，他们刷刷刷打开统一发的某序列训练就抄。面对我的制止，小周同学说："我一直都是这样抄的。怎么到你这就不行了呢？有本事，写一篇，给我们学习学习。"

如果时光可以重来，我一定不会天真地以为，自己真的就是被萧何看好的韩信了。我痛苦，彷徨，只觉得眼前没有亮光。可是，生活还在继续。我依然要当我的语文老师。

日子就在跌跌撞撞中前行。一个偶然的机会，我听到了一个声音："不管你现在的生命是什么样子的，一定要有水的精神。像水一样不断地积蓄自己的力量，不断地冲破障碍。"俞敏洪老师分明是在告诉我，限制我们前进的，不是外界，而是我们自己。只有用心经营语文提升自我，让学生敬重老师喜欢课堂，才能把那些阻碍一一甩到身后。

我想起自己年少时的理想就是当一名教师，为什么当了初中语文老师就退缩了呢？为什么最初的美好期许，突然成了方便面里的调料包，没色彩也没营养了呢？

人，真的是很奇怪的生物。为了逃避现实，他会绕进一个线团不愿意出来。其实，只要愿意探索，就可以找到线头，拉出一片天高云阔。

小张同学确实是调皮，但他悟性不错，也有一定的语文基础。一段时间后，我认真地邀请他和语文课代表来给大家分别上一堂课。小张花了两个多星期的时间备课，自认为会上得比较不错，没想到仅仅15分钟左右，他就把课上完了，嗓子还为此破了音。"当老师原来这么累，不仅拼智商，还要拼体力。45分钟简直比两小时还漫长。"小张在作文里告诉我。后来，他再没有在课堂上嬉皮笑脸。

每当遇上可以表演的课文，我就会让学生课本剧表演。上《核舟记》时，胖胖的男生小王主动要求表演佛印。"佛印绝类弥勒，袒胸露乳，矫首昂视，神情与苏、黄不属"。小王借了我的链子当念珠，二话不说，刷的把衣服脱了。同学们啪啪啪给他掌声，鼓励他为艺术"献身"的精神。我当即"允诺"："我会找机会向大导演张艺谋推荐。"

后来，孩子们玩起了真的，他们自己创作剧本，自己当演员，拍摄了作品《到底是谁的错》，获得了第七届中国中小学校园电视奖银奖。至今，我仍要感谢教书第一年那位逢写必抄的小周同学。他的一句话似乎点通了我的任督二脉。我逼迫自己也动笔创作。慢慢地，我爱上了写作，并成功晋级为作家。

如今，我已出版个人专著十部，开了"莳花弄草""名师讲坛""秋水文章"等多个专栏。我指导的学生作文在《中学生》《读者》《做人与处世》等全国各地刊物发表了2000多篇。有二十几位学生获得了全国作文竞赛一等奖。我让学生谈谈人生理想，全班想当作家的是最多的。

学生在课堂作文。我的笔也在纸上唱歌。学生在谈他的作文是如何构思的，我也和他们谈谈我的文章是怎么出炉的。一缕阳光要穿越无数的黑暗，才能叩醒黎明的窗。但只要我们教师拿出真心，就会抵达那个有云朵有花香的地方。

爱看言情小说的女生

一

课间十分钟。我从后门走进教室。周遭是麻雀一样喧闹的声音。唯独小雪，静静地坐着，仿佛外面的世界和她无关。她的头低低地垂着，过长的刘海遮住了她的眼睛。我走到她身边，拿起了她正在看的书。她的脸上掠过一丝不安。我翻了翻，把书放下，若无其事地走开了。

其实，我的内心已然波涛汹涌。早就听同学说，小雪爱看言情小说。也经常听同事在办公室里恨铁不成钢：昨天又撕了一本言情小说，今天让学生父母来学校。听到这些，我的心总是坠坠的，似乎有说不明的东西压得我心口发疼。

每周，我们都有一节阅读课。这天，我对学生说："爱看书的孩子是最可爱的孩子。我们要学会从书中汲取营养，把自己活成一棵果树，任外界喧嚣，内心澄澈美好。"

"老师，可以看言情小说吗？"声音是小雪的同桌发出来的。

"可以啊。我们的阅读课可以看，希望有好书分享给我。"我看见小雪低着头，没有迎接我的目光。

小雪是个不合群的孩子。也许是自傲，也许是自卑。言情小说会带给孩子童话般的幻想，也让她离开现实畅游于一个独特的世界。

我决定去拜访小雪的家。迎接我的是满脸皱纹的奶奶。"死不了的,到哪里去了?"奶奶的话语粗俗不堪,看到我,一肚子的怨气有了出口。原来,小雪的妈妈生病没了,爸爸一直在外打工,一年就回家一两次。

小雪回来时,右手拎着一篮青菜,鞋子的边缘沾满了泥巴。小雪见到我,眼里似乎蹿起了火苗,但很快就熄灭了。我递给她一串冰糖葫芦,说:"你以前在作文里写到过它,不知道它是不是你想象中的味道。"小雪接过,轻轻地说了句:"谢谢老师。"

"来,给老师装两棵青菜。"我拉过她的手说,"生活里的艰苦像冰糖葫芦上的竹签,它刺穿了冰糖葫芦的身体,也倔强地撑起所有的日子。"我以为小雪会继续轻轻地说一句道谢的话,不料她的泪突然涌了上来,像霸道的蟹,爬出一脸的狼藉。奶奶在一旁骂:"我还没死呢!哭什么哭!"

从小雪家回来后,我的情绪特别不好。我真担心小雪怨恨奶奶。不料,这周的随笔小雪写的就是奶奶。在小雪笔下,奶奶善良勤劳,她的毒舌是对付苦日子的武器。我反反复复地看这篇文章,最终拿起钢笔,一字一字工工整整地抄到了作文稿纸上。我抄了两遍。一篇寄给编辑部,一篇参加作文比赛。

后来,小雪依然爱看言情小说。只是她也爱上了写作。那本小小的获奖证书一度被她随身携带。如今,小雪已参加工作多年。她最大的爱好就是写作,她的文字干净美好又不乏温情。她经常说,我是她的恩师。其实,我也想感谢小雪。很多年以前,我也是一个爱看言情小说的女生,是小雪,帮我彻底打开了心结。

班长吃到了一个纽扣

一

上《穿井得一人》前,我写了八张小纸条,告诉孩子们要做个游戏。宣布了游戏规则后,激动的孩子们突然安静下来。他们眨巴着眼睛,跃跃欲试。我把纸条一一给每个小组的第一位同学看。然后宣布开始。

陈昊怡同学马上侧过身子,把嘴巴附在陈宇同学的耳边,悄悄地说着,第三桌的陈昂啸同学掩饰不住激动之情,已经提早侧身,准备更快地传话接力。个子小小的陈泰同学干脆站了起来,听得金梦瑶同学笑歪了嘴……

静悄悄的教室里,是同学们花朵一样的笑脸。传话游戏似乎把大家带进了一个神秘的世界。几分钟后,每组的最后一位同学纷纷冲上讲台写出自己听到的话。

我一一地读出写在纸条上的话。每读一句,同学们就哈哈笑一回。教室里,出现了一团青春的火,火花四溅,映着大家率真的笑脸。

第五小组传的话是"周末捉虫子喂蚂蚁可好"。可他们居然传成了"春风吹了,桃花开了"。这出入,可真的是相差十万八千里了。大家笑得东倒西歪了。第三组同学写了"班长吃到了一个蛋糕"。我一读,同学们都把目光转向了班长,好像班长真的一个人独享了蛋糕似的。我说,班长的妈妈在装菜时,一个纽扣掉在了菜盘里,恰好被咱们班长吃到了。班长这是中奖了。我的原句是——班长吃到了一个纽扣。同学们乐了。

可是,我突然收敛了笑容。后面的一组居然没有写。怎么会这样?这组的同学说,金康钱没有传下来。为什么不传呢?"我没有听清。"金康钱低低地说。

稍作点评,我开始讲《穿井得一人》。丁家没有井的时候,专门要安排一个人取水,打了一口井后,得到了一个人的劳力。有人传话说,丁家打井的时候挖到了一个人。文章在最后议论道:"求闻之若此,不若无闻也。"

这时,我把目光转向一直垂着头的金康钱,说:"直到此时,我们才明白,康钱才是一位智者。他比我们更早地明白了一个道理:求闻之若此,不若无闻也。对于不确定不明白的话,还是不要去传的好啊。你看我们在课前,传出了多少笑话呢。"此时,康钱嘴巴一歪,笑了。

浣花笺上月下柳

一

诗云，一个诗一样灵动，云一样飘逸的女生。她的文字和她成长的足迹，正如她的名字，温婉，恬美。

小小年纪的她，特别爱念《浣花溪记》中的句子："西折纤秀长曲，所见如连环、如玦、如带、如规、如钩，色如鉴、如琅玕、如绿沉瓜，窈然深碧，潆回城下者，皆浣花溪委也。"徐诗云觉得，由浣花溪水制成的笺纸如值得人把玩的老玉，写来头脑清明，读来唇齿有味。

说起徐诗云和浣花笺的缘分，不能不提她早已过世的太爷。太爷于黄埔军校毕业，爱在浣花笺上题上自己写的诗，夹在书中，颇有一番文人骚客的意味。

小时随意翻弄书柜上的书时，书中会掉出几张浣花笺。徐诗云由此发现了太爷写的小诗，诗末不是中规中矩的红章，而是太爷画的月下柳，如贾平凹笔下的垂柳，同仙人般曳裙而立，对月梳妆。这一看，纸也香，字也香，心也香，徐诗云迷上了这浣花笺上的春秋。

从此，徐诗云便常在旧书柜旁翻弄书册，从邻家讨来几张浣花笺，不停地翻看书本，从书中摘下文人所写的句子在浣花笺上，末了，照着太爷的笔触画下月下柳。

浣花笺似一道神秘的门，开启了徐诗云和文字的心灵之旅。太爷留下的红笺似乎让她品到了绵绵的愁思，闻着太爷留在字上的呼吸和情感，与他把酒话桑麻；寻到太爷养在心中的兼葭，同他观望在水一方的伊人；寻到太爷阅过的书，一起画那柳上婵娟。有引趣之人必有养趣之人。

　　进入初中以后，徐诗云遇上了阿秋老师，见她谈吐诙谐，想来文字也会俏皮可爱，徐诗云就找起了阿秋老师写的书，一看，就爱上了。慢慢地徜徉在文字的世界，她发现了小桥流水的温婉之美，想起了昔日在浣花笺的时光，却不再同往日般心血来潮时写下几句，而是日复一日地摘，闲时翻开读读，竟感觉有一股缱绻的古味，心中甚喜。

　　偶然间，徐诗云读到了阿秋老师写的诗，与太爷完全不同的内容，笔调却有些相似。徐诗云又一次念起太爷浣花笺上画下的婵娟，一写就美了尘世的花间词与相思句，忍不住那涌上来的缕缕诗意，轻轻写下，竟也有清茶的味道。

　　或许正因为这样，徐诗云觉得自己不擅长写令人激昂的豪情之文，而更适合写写平常人家寻常故事。

　　每一个傍晚时分，徐诗云喜欢读罢诗书看看晚霞。她羡慕那粘在诗人衣襟的小小枣花，想象着枣花静悄悄地落入一只粗瓷大碗的美好。

　　徐诗云说，她很庆幸在初中时能遇到一位如婵娟一样的老师，能在万人为考试和升学焦头烂额的时刻，仍散发出柔软的光，仍愿朗照幼时太爷在她心中种下的垂柳。

　　时间老了，词人老了，花瓣老了，而书册上的言，红笺上的语，却新着——一直被徐诗云以及像徐诗云一样爱诗书的孩子念着，读着，藏着，代代流芳，生生不忘。

你只需努力,其他的交给时光

一

"老师,您说我能考上东阳中学吗?"学生小吴又一次问我。"不能。"我笃定地说,"如果你依然不改变的话。"寒假前,小吴列了一个计划表,详细到每天几点到几点读什么书,几点到几点复习哪一门学科。

开学了,小吴却耷拉着脑袋告诉我:"春节太忙,吃喝玩乐走亲访友,还要抢红包玩网游。我学习的热情只坚持了几天,想想如此努力不一定能考上重点中学,就没有再用功。"

小吴的做法和想法有很大的代表性。不少学生喜欢畅想未来:我想当一名律师,我想当网络作家,我想将来报考公务员,我想成为第二个"万亿侯"马云……他们看见了蓝蓝的天空白白的云朵,却忽视了脚下本应坚实的土地。

在这个世界上,不用努力就能得到的只有年龄。无论谁,都不会无缘无故地成功。即使是一棵不起眼的竹子。在开始的四年,竹子看起来几乎没有生长。其实,竹子一直在默默努力。它的根在土壤中拓展,甚至往石缝里伸展。四年的时间里,竹子将它的根延伸出几百平方米。竹子从来不会去想,将来我能长到多繁茂多粗壮,它只知道,我需要为未来扎根,只有扎好了根,成长才会惊人。成长从来不是一蹴即就的事情。

英国有个叫约翰·克里西的人,他喜欢写作,每天阅读投稿,痴在其中。

他投寄了一封又一封稿件，寄出了一次又一次的希望。然而，他收获的是一封又一封的退稿信。有人笑话他说："你以为你能成为作家吗？"约翰·克里西回答说："不要去问远方有多远，走好脚下的路，总有一天会抵达。"

退稿信像雪花一样飞向他。整整两年，他没有发表一篇文章。别人都嘲笑他，说他的努力是白白地付出了，看不到一点点光明。没想到在约翰·克里西寄出744封信时，他的文章得到了编辑的赏识。从此，就像拧开了啤酒盖，美丽的泡沫纷纷往外奔涌。此后的43年间，约翰·克里西出版了564本书，成了英国乃至世界家喻户晓的作家。

在常人眼里，约翰·克里西的写作在前两年是完全失败的。殊不知，没有给自己的未来拓展根的疆土，又怎能长出盎然的模样？没有743篇文章的积累，又哪来后面的绽放呢？那看似沉寂的两年，恰似竹子生根的时光。

很多学生羡慕马云成功地打造了全民皆网购的时代，羡慕他赚钱比说话还轻松，却不知马云是怎么一步一步艰难创业的。在演讲中，马云很真诚地说："当你不去拼一份奖学金，不去过没试过的生活，整天挂着QQ，刷着微博，逛着淘宝，玩着网游，干我80岁都能做的事，你要青春干吗？"

是啊，正当青春的你，最紧要的事情就是努力。不要说你的努力能不能给你期想的未来，如果你不努力，你的期望只能停留在"想象"中，而你浪费掉的青春永远不会回来。只有努力，会帮你推向美好的愿景。你所有拼搏的日子，都在为明天扎根；你的每一滴汗水，都有它的价值。你只需努力，其他的交给时光。时光会给努力的你最美好的模样。

我和故事的故事

一

小时候，最爱听爸爸讲故事。爸爸只上过一年学堂，但他的肚子是天下最有故事的肚子。什么东阳马坦智义乌牛坦啦，曹操八十万大军过独木桥啦，孙悟空三打白骨精啦，每每让我听得入迷。

有一年，小姨所在的村庄唱大戏，爱听戏的爸爸受邀前往，我自然跟着去了。戏咿咿呀呀的，我不爱听，却意外地在小姨家腌咸菜的瓮上，发现了一本书。书皮已经没了，内页也被盖子压得皱巴巴的，许是落了盐的缘故，很多地方都有白白的小花纹。但是，我一翻开，就歇不下了。吃饭时，小姨说："书呆子，破书还当宝，你喜欢看，就带走吧。"这声音，比唱戏的声音动听一百倍！

回家后，我把书带进了厕所。曲折的情节让人停不下翻页的手。没想到，当爸爸喊我有事的时候，我的腿麻了，居然好半天站不起来。当时我家的厕所是那种茅坑，蚊子多得要命。我的手臂上被赠送了好多红疙瘩，但我没有丝毫感觉。这本破破的小书，像一缕阳光，温暖了乡下乏味的日子。

几年后，我读了师范，当了老师。我最喜欢的是给学生讲故事。一开始，我把故事结合到讲授的内容里，学生听得津津有味，一双双眼睛写满了喜欢甚至崇拜。后来，我在班上开展了课前三分钟分享哲理故事的活动。有一回，一凡的爷爷给他送衣服，适逢一凡在讲故事，他爷爷在窗外听入迷了，居然在教室外大叫了一声"好"，把我们乐得哈哈大笑。

慢慢地，我也让学生来写故事连载，要求人人参与，每人一个相对独立的故事，在文尾给下一位同学留一个悬念。每个大组写一个故事，写好了在班上读，看哪组写得更有意思。没想到，故事一写，困扰我多年的问题得到了很好的解决。以往，学生写作文没内容，喜欢无关痛痒无病呻吟的文字。如今，他们的脑细胞突然被故事激活了。学生的作文成绩扶摇直上，让人刮目相看。学生作文发表的势头，也像芝麻开花。

再后来，我有了孩子。儿子在故事里快乐地成长。当我开启讲故事模式，儿子就会突然屏蔽掉别的事情。有时，他像我小时候一样追着问："再呢？再呢？"有时，他会乐得在床上打滚。幼儿园时，儿子还代表学校参加了讲故事比赛，捧回了红艳艳的奖状。我把儿子说的无忌童言以及生活中的新奇故事投给了《故事会》《知音》《博爱》《金华晚报》等，居然发表了。

从听故事到看故事，再到写故事，我走过了28年。故事让我的生活变得丰盈美好。

沉甸甸的礼物

一

"你的宝贝来了!"先生从阁楼上给我扛下一个沉沉的蛇皮袋。打开它,里面满满的全是学生送给我的卡片和书信。搬家多次,这袋东西越来越重,却不曾被我舍弃。于我而言,学生发自内心的文字,就是沉甸甸的礼物,是我最大的精神财富。那些天真的小诗、可爱的赞美、个性的口气,仿佛给了我一根时空棒,让我看到了昔日棉花糖一般柔软而甜蜜的时光。

这里,分明是一个聚宝盆,要仔仔细细看上一遍,没有几天工夫是决然不行的,看,这是纪念册,上有整个班级同学的照片和留言;这是某某学生初中几年的所有周记本,里面留下了师生交流的脚印;这是一张写满学生签名的卡片,上面还有一个个卡通笑脸;这首诗呢,把我的名字全写进去了,虽然有点生硬,倒也不失风趣;这是自制的贺卡,做得像本薄薄的书,还开了天窗,嵌了照片;这是一串千纸鹤一瓶五角星……

教师节,一个传达师生情感的节日。给老师一声问候,一句QQ留言,一个祝福短信,一张抒怀卡片,每位老师的心头都会油然而生幸福感。

时光逆水而来。那年教师节,恰逢市教研室安排市大组成员外出教研。回来时,班主任告诉我,已经安排读英语的早读,学生坚持仍旧读语文,等待着我在教室里出现。遗憾的是,我那几天身体不适,错过了去逛一下教室的时间。而学生呢，他们以一种很兴奋的心情，在头一天傍晚悄悄来到学校出好了黑板报，写上了祝福语，画上了可爱的画。

第一节课，老师保留了黑板报。

第二节课，黑板要用，老师要求擦掉。学生发出了一声叹息，有的很直接地说："王老师还没看到过呀！"

而另一个班呢，他们不仅也出了黑板报，还别出心裁在教室的墙壁上挂上了一颗大大的心。大心上则是小小的心形彩纸，人人献上了自己的祝福。

在上课前那有限的时间里，他们按捺着内心的激动，在布置教室。为了不让老师发现，还拉下了窗帘布。在那天的作文中，他们尽情地表达了自己的快乐和遗憾。很多同学说："如果我们王老师在，一定会很感动，很感动的。她一定会热泪盈眶，激动不已。"

这真是一个特别难忘的教师节。这种由转述而回味的情感真的很特别。那个教师节，我依然收到了很多的卡片，依然有几张是我不认识的学生的，依然自称是我的粉丝。至于短信和QQ留言就更多了。那些爱的语言，像或华丽或清新的色彩，全向我涌来，仿佛要把我变成一尾七彩鱼，从此生活在潋滟的波光中。

其实，只要孩子用了心，每一份礼物都是最沉最沉的。

玻璃老师

一

"近日看到一则新闻,有个当爸爸的,为庆祝儿子考了9分,放烟花庆祝。"玻璃老师话音刚落,同学们的目光就烟花一样成束成束地落在我身上,溅起满教室的火花。人家爸爸要庆祝关我什么事?我不屑地甩了一下头,将一大把讥讽的目光斩断。

玻璃老师说我是希望生。哼,老师们总爱用好听的词语,说出他们内心的反感。我是最让他们失望的学生。家庭作业,我画画一样,画几笔就了事。上课,我爱趴着睡觉,桌子上的纹路经常会印上我的脸。我把英语碟片当镜子,看着那些纹路在我青春的脸上爬出可笑的图案,我暗暗地笑了。

只有我自己知道,这种笑的滋味。和那个考了9分还要庆祝的爸爸不同,我的爸爸根本不在乎我。自从几年前他和我妈妈离婚,他眼里只有喝酒和赚钱两件事。只要老师打电话给他,他就会热情地给我加餐,让我吃竹笋炒肉。那个啪啪啪的声音落在我身上,把我的心打得越来越硬。

玻璃老师是这学期来的新老师,她的嗓音又尖又高,让我想到了打碎的玻璃,于是我背地里叫她玻璃老师。她老爱盯着我,上课盯,下课盯,两只小小的眼睛,像两个钉子,让我浑身不自在。

以前,我的桌上什么东西也不放,老师们看见了,好像没看见一样。玻璃老师不允许。这天，我拿出了语文书，装模作样地读了起来。没几分钟，身边的同学就嗤嗤地笑了。

我灵光一闪，改了课文的注释，把"《红楼梦》是我国古代小说的巅峰之作，小说以贾宝玉和林黛玉的爱情悲剧为线索"，读成"……小说以张进步和徐小雨的爱情悲剧为线索"。张进步和徐小雨，就坐在我的前面。远远地，我看见玻璃老师来了，马上改口，起劲地读了起来。课间，玻璃老师把我叫到了走廊上。

我歪着头，眼睛看着前方，却什么也没看。以前，老师们说我死猪不怕开水烫。其实，不用说开水，什么洪水泥石流我都不怕。"我要给你爸爸打个电话。"玻璃老师压低了声音，但我的心依然哆嗦了一下。"能不打吗？"话到了嘴边，我又使劲咽进了肚子。求了也白求，老师都巴不得家长能狠狠地揍一顿不听话的孩子。

我装出漫不经心的样子，把头朝向天空。空中恰好飘着两朵云。一朵胖胖的，一朵瘦瘦的。瘦云推着胖云，在空中缓缓地滑行。玻璃老师拨通了电话。我的眼睛没有移动，耳朵却竖了起来。不料玻璃老师摁了免提。"老师，他又犯事啦！我一定狠狠地揍他！"爸爸的嗓音永远像石头，坚硬粗暴。

"孩子大了，不要动不动揍揍揍的。我是向您报喜的。这段时间，小王学习状态有好转，今天早读还读得很起劲呢！请你回家好好鼓励他。"玻璃老师的声音更尖了。奇怪，我怎么听起来暖暖的，一点也不难听？我的眼神不自觉地软了下来。我把视线移到脚上。我实在不敢看玻璃老师。我真怕她知道事情的真相。

"我知道，你桀骜的外表下，有一颗向上的心。老师期待着分享你更多的好消息。"老师拍了拍我的肩膀，让我回教室。此后，我一次次地刷新着自己。玻璃老师每一次都会向我爸爸打电话。爸爸喝酒的次数越来越少，回家的时间越来越早。

一次，爸爸拉着我在他身边坐下，说："以前，我最怕接到老师的电话，现在，我最喜欢接到老师的电话。孩子，你一定要为老师争一口气。"后来，我成功逆袭考上了高中。

一次在街头偶遇徐小雨，徐小雨说："当初我向老师说了真相，老师却叫我们多多关心你。她说你需要温暖和鼓励。"此时，阳光照在商店的玻璃门上，像爆米花一样，暖暖的，香香的。

再向前走一步

一

近日看到朋友圈两则微信的内容都是大学生求职不顺引发悲剧。一个是辽宁某小伙子大学毕业后找工作不顺跳崖身亡；一个是武汉大学某男生疑因未找到理想工作跳楼。网友们纷纷叹息：现在的年轻人是怎么啦？在此，我想先讲讲另外两个年轻人。

这是来自英国的小伙子，长得帅气白净，可惜口齿不清、抓物困难，反应要比别人慢好几拍。19岁那年，他决心找一份工作，自食其力。旁人笑他自不量力，他却充耳不闻，坚持给一个个单位寄求职信。信，是他用拇指内扣的手一字一字在键盘上敲出来的。每周，他都会跑邮电局，风来雨往，毫不退却。

5年里，他寄出了950封信，光用来打印的纸，都有好几箱了。可是，他的信一封封都如小石头沉入大海，没有带来一丝希望的回音。可他不气馁，终于在寄出第951封信时，收到了连锁超市ASDA的聘请，谋到了一份收银员的工作。

他，就是英国脑瘫少年史蒂芬斯（Tom Stephens）。当别人问他为什么如此执着时，他说："我从未想过放弃，成为社会运作的一分子是我的理想。我相信，希望就在某一封信的后面。"

另一个人来自70多年前的英国，名叫约翰·克里西。年轻的他立志要成为托尔斯泰、狄更斯这样的文学巨匠。两年里，他投寄了大量的小说稿件，却无一发表。他得到的是堆满一屋子的743封退稿信。很多人嘲讽他，笑他异想天开。面对冷嘲热讽，克里西依然如醉如痴地埋头阅读和创作，终于在寄出744封信时，他的小说得到了编辑的赏识。从此，他的小说不断地发表和出版。43年间，他出版了564本书，堆叠起来有两米多高。

当有人问起他当年的痴劲时，约翰·克里西说："如果我停下写作的手，所有的退稿都变得毫无意义。我的坚持，会让每一封退稿信都彰显它们的价值。"

无论是约翰·克里西的743封退稿信，还是史蒂芬的951封求职书，在他们的身上，我们都看到了一种执着的韧性，一种叫"坚持"的品质。是啊，其实希望总是站在失望的后面。没有寒冬的考验，又何来春日的姹紫嫣红？当你选对了方向，只有坚持继续前行，才会让你所有的努力都不白费。成功就住在失败的隔壁。它们之间的距离，也许就是你再向前走一步的距离。

我的尾巴去哪了

一

希望大家能做一只有尾巴的青蛙，对世界有永远的好奇心和童心。说话的是个年轻的老头。他给我们说起他的作品，就连生活里可恶的蚊子，也被他写出了一个系列，篇篇妙趣横生。我看到这位著名的童话作家的尾巴，长长的，顶部有一个俏皮的弧度。我下意识地摸了摸某处，呀，光溜溜的。其实，以前的我，是有尾巴的。

看到地上有一个洞，我会想象有个小精灵住在那里；看到蝴蝶飞过，我会想是不是祝英台变的；一朵白云飘过，我可以看上半天，满脑子的奇思异想。什么时候，我的尾巴吧嗒一声，掉了？它掉在了我急匆匆地奔向成熟的路上。我想当个一本正经的大人，脱去幼稚天真的外衣，遵从成人世界的守则。说话一板一眼，做事循规蹈矩，就连思想也要一二一正步走。

它掉在了柴米油盐的琐碎中。我的生活被压榨成了方便面里的蔬菜包，失去了水灵灵的外表，更失去了绿汪汪的营养。这种从外至内的打劫，犹如被猴子吃了脑髓的老虎，在不知不觉中迷失了。它掉在了忙忙碌碌的工作中。早六点到晚六点，整个脑子被上课改作谈话开会占得满满的。就连周末，我还要忙学生的作文修改投稿。我的笑容是夏天零落的小花，我的思维是冬天坚硬的冰凌。我生活在固定的模板中，以忙为借口，把好奇心关在了门外。

我，还有救吗？我正在心里问自己，周锐老师就帮我做出了回答：谁都可以找回尾巴，写出优秀的儿童文学。如果声音有色彩，周锐老师的话一定是一座缤纷的花园，粉红，淡紫，鹅黄，翠绿，各种颜色眨巴着眼睛，向每一个看向它的人注入正能量。

其实，声音的主人在两年前中风瘫痪，他顽强地和病魔抗争，在心灵的原野上奔跑。他拄着拐杖出现在我们面前，说话断断续续，却不改幽默的风格。同学们戏称他是周伯通。

我想，每个人都可以当那个童心满满的周伯通，每个人都可以是一只有尾巴的青蛙。只要你愿意。

别踩疼爱的梦想

一

　　日子像压在磨盘下的麦粒，一点点地被碾碎再碾碎。父亲的声音越来越沙了。女儿的心越来越沉。父亲是音乐教师。音乐，如水的音乐没有好的喉咙怎么成？睡在硬硬的床上，女儿像热锅上的烤饼，翻到这边，翻到那边。一日，女儿从偶然的机会里，听说野菊泡茶利喉，毅然半跑着来到离村六七里的山谷。

　　山谷很静。稀薄的阳光从树林的罅隙中漏下来，像一串串长长的省略号。女儿无暇欣赏，眼睛探照灯般扫射。就在这儿。就是这儿。一丛丛野菊竞相开放，很像一个人，忽然遭遇人生的得意而无以遣怀，于是情难自禁放声歌唱，左一句，右一句，唱遍了山野。

　　女儿也想歌唱，和野菊一起歌唱。但女儿更想让父亲歌唱，美美地亮亮地歌唱。想到这儿，女儿嘿嘿地笑了。下山时，也许是老天妒忌女儿花一样的笑靥，女儿滑出了一米远。女儿的膝盖皮磨破了，一丝丝血微微地渗出。女儿一点不在意。女儿在意的是，野菊有几瓣掉了，膝盖上的裤子磨损了。

　　次日，父亲发现了女儿有些躲闪的目光，于此同时发现的还有女儿的裤子。父亲忽然觉得身子热了起来，紧接着脑袋也热了。这个臭丫头，又惹什么事了？

父亲这样想着，也就这样说了。说得自然很大声。女儿怯怯地说了实情。她知道，她损坏了一条她多么喜爱的裤子。重要的是，这条裤子是爸爸送给她的生日礼物。爸爸生气是应该的。

父亲想的却是另一个版本。女儿，我的好女儿，你的膝盖还疼吗？真是难为你了。你妈妈去世早，我亏欠你太多了。

想到这儿，一丝温暖像细细的天鹅线，飘进了父亲的身体。父亲已经干涸很久的眼睛下起了雨，一滴，两滴，三滴……以后的日子，父亲总是幸福地接过女儿给他泡的野菊茶。好香好香的野菊茶啊。被太阳晒干的小小野菊在水中翻滚出一屋的芳香，也绽放了两个美丽的笑脸。

一日，父亲在日记上写：别踩疼女儿的梦想，那是爱的翅膀，像云雀掠过蔚蓝的天心，歌唱着飞翔，飞翔着歌唱。其实，父亲胃寒，不宜喝菊花茶。

登上黄鹤楼

一

道教有两大派,即正一派和全真派。有个正一派道士去辛姓老板开的小酒馆吃饭,可他拿不出钱,辛老板并不为难他。如是过了整整一年。

一日,道士用橘皮在墙上画画,橘皮所过之处,留下了黄色的痕迹。最终,一只黄鹤跃然墙上。道士告诉辛老板说:"只要朝鹤拍几下手,鹤就会舞蹈。"靠了这只鹤,辛老板发了10年的财。10年后,那道士又来到小酒馆,朝鹤吹奏铁笛。鹤闻笛起舞,舞毕,道士乘鹤离去。据说,这道士就是吕洞宾。这座楼,就取名"黄鹤楼"。

带着导游讲述的优美传说,我以仙人般飘逸的心情来到了黄鹤楼。黄鹤楼是与岳阳楼、滕王阁齐名的中国三大名楼,又有古老的传说作底蕴,它自然是古色古香的。不料矗立眼前的是一幢新楼。前面立了公告,上书"重建开放已近30年,楼体屋面琉璃瓦接近安全使用年限"字样。难怪搭着一个个架子,原来正在全面"体检"。这未免让人心生失望。

游人如织。进入大门,是两只用合金铸造的黄鹤。走上庭前,迎面一副楹联:"一楼萃三楚精神,云鹤俱空横笛在,二水汇百川支流"。进入一楼大厅,东隅壁上,嵌有瓷画楚天云鹤图,两边也是一副对联:"爽气西来,云雾扫开天地憾;大江东去,波涛洗尽古今愁"。层楼之中,遍是骚人墨客所留书画。

黄鹤楼外五层内九层，都要通过楼梯上去。一位八旬老人由子女搀着往上走，头发和衣服全湿透了。她歇歇走走，全然没有退缩的意思，想来，应该是有信念的东西在里边的。崔颢吟"黄鹤一去不复返，白云千载空悠悠"；李白诵"一拳锤碎黄鹤楼，一脚踢翻鹦鹉洲"；袁枚吟诵"汉水茫茫摇白浪，一楼高踞浪花上"。这些都是传说中的黄鹤楼。

楼凌武昌黄鹤之巅，控龟蛇二山对峙，揽江汉奔流之概，三国吴黄武二年始建，清光绪十年大火烧成废墟。千余年来，屡毁屡建，"致楼之废，更莫能记。"这是史书中的黄鹤楼。

导游介绍说，最后一座"清楼"建于1868年，毁于1884年。此后近百年未曾重修。现在看到的黄鹤楼是1985年6月建成的。运用现代建筑技术施工，钢筋混凝土框架仿木结构。

以往那些屡建屡毁的黄鹤楼，只能以模型的方式呈现在这座现代化的黄鹤楼内。最初是两层，后来是三层，最后到现代成了五层。元代黄鹤楼、唐代黄鹤楼、宋代黄鹤楼、明代黄鹤楼、清代黄鹤楼等，每个模型边上都放了一个模型简介的匾额。在呼出的热浪里，我没有停留的兴致，每个模型按一个镜头，就算完成了历史的穿越。短短几分钟，仿佛已走过700年的光阴。

站在五层的回廊上极目远眺，可以看到长江浩浩汤汤，武汉长江大桥飞架南北，武汉三镇的楼群鳞次栉比。恍惚中，我仿佛听见了李白在吟咏《黄鹤楼送孟浩然之广陵》：

故人西辞黄鹤楼，烟花三月下扬州。孤帆远影碧空尽，惟见长江天际流。

你好，绍兴

一

20多年前，我曾去过绍兴。当时，是和师范同学一起去。青春年少，应该留下最美的记忆吧。可惜，绍兴留给我的除了水墨般的色调和难啃的茴香豆，就很难回忆起什么了。只记得自己严重晕车，连走路的力气都没有。

春光明媚的4月，当听说东阳市语文"三人行"成员将去绍兴，我还是欣欣然充满了期待。"文澜中学赵卓青老师教学才艺展"的横幅以及大幅的海报在校门口迎接我们。在听课的过程中，在驻足校园所见的点点滴滴里，我感受到了绍兴的力量。是的，那是对教育的重视，对人才的重视，以及对历史资源的开发与利用。在文澜中学范文澜的塑像前，我们纷纷合影留念，让戴着眼镜的儒雅的范文澜站在我们中间，并清晰地摄下那副对联：板凳要坐十年冷，文章不写一句空。

来到绍兴，能时时刻刻感觉到名人的目光。那街头巷尾的臭豆腐，那略显凸凹的石板路，那窄窄的乌篷船，在历史的时空里，可曾与蔡元培、周恩来、陆游、陶成章、秋瑾等亲密接触？而鲁迅的一支笔，更使绍兴成了鲁迅的作品。孔乙己、阿Q、祥林嫂、豆腐西施，一一来到了绍兴。看到满角落都有的茴香豆，我们总不忘说上一句："这是当年孔乙己吃的茴香豆啊。多乎哉，不多也！"有的店门口，干脆安排了一个孔乙己塑像在迎客。让人不知道是绍兴走进了小说，还是小说走进了绍兴。

而鲁迅当年生活过的百草园、三味书屋更是引来了一拨又一拨的游客。我们嬉笑着去摸并不很光滑的石井栏，看树上一串串青青的桑葚，看百草园里那黄得逼人的一大片的油菜花。时过境迁，不变的是伟人的足迹。在三味书屋，很多学生挤在门口拍摄课桌以及"早"字。据说，有学生要在上课溜出去玩，鲁迅主动提出，将课桌移到教室的一角。小小的鲁迅，已经有了不同常人的志向啊。

坐着乌篷船，来到沈园。一个普通的园子，却因了陆游与唐婉凄美的爱情故事热闹起来。当然，热闹是外在的，游人的内心多半是惋惜而伤感的。我们去的时候，适逢一导游在念墙上的词。导游长得又高又瘦，一张唐宋时的脸，很秀美的那种。她葱一般的手指指向墙上已是斑驳的文字，一字一字地念着《钗头凤》：

红酥手，黄滕酒，满城春色宫墙柳。东风恶，欢情薄，一杯愁绪，几年离索。错！错！错！春如旧，人空瘦，泪痕红浥鲛绡透。桃花落，闲池阁，山盟虽在，锦书难托。莫，莫，莫！

世情薄，人情恶，雨送黄昏花易落。晓风干，泪痕残，欲笺心事，独语斜阑。难！难！难！人成各，今非昨，病魂常似秋千索。角声寒，夜阑珊，怕人寻问，咽泪装欢。瞒，瞒，瞒！

那悲凄无奈的声音，让人不忍卒听。我恍惚觉得，那导游莫非是唐婉的化身？

晚上，一行十几人在绍兴一小店就餐。不记得吃了什么菜，却难忘那特别的黄酒。都说来绍兴，不能不喝绍兴老酒。同行的人，没有几人能喝酒，如我，是喝藿香正气水都会醉的。可是，在这样的场合，你能拒绝酒，却没法拒绝绍兴老酒。开而饮之，但觉香浓。不觉间便昏昏然。空气中浸润着浓醇的黄酒气息。

据说，早在2500年前的春秋时代，酒在绍兴就已经十分流行。《吕氏春秋》中载，越王勾践出师伐吴时，越国父老乡亲纷纷前来献酒壮行。勾践把酒全部倒进河流的上游，与将士们一起迎流共饮。于是，将士们群情激昂，士气高涨，越国终于打了大胜仗。

"红酥手，黄滕酒……斟一壶'元红'、'女儿'、'竹叶青'，离家千里难忘故乡故里众父老。酒！酒！酒！"绍兴的《酒香歌》引发了多少乡情啊。

诚然，我们的觥筹交错，勾起的不是乡情，而是倾吐之兴。大家的谈兴伴着酒劲越来越浓，小店老板一次次地说："你们别喝了，这老酒，后劲很足的。"大家嬉笑着，继续去拿酒。不知不觉间，竟喝了16瓶……

此行的最后一站是兰亭。听说，兰亭序是王羲之33岁时的得意之作。后人评价："右军字体，古法一变。其雄秀之气，出于天然，故古今以为师法。"我不大懂书法，却倾听了一个个琢磨书法的故事，让人油然而生敬意。临走，大家纷纷去买《兰亭序》的扇子，让艺术伴在身边也是安慰，即使，它只是一件商品。

是啊，走进绍兴，就是走近名人，走近历史，走进故事，走进崇高。让我轻轻地道一声：你好，绍兴。

方岩之旅

一

听说永康方岩有位胡公,"有求无不应,有祷无不签",儿子的姑妈约我们去方岩。一到才知道什么叫人山人海。原来,正月初五是财神生日,我们真是赶上大日子了。

方岩山高384米,初看起来很普通。在入口处,是宋高宗赵构的御书"赫灵"两字。从南麓拾级而上,行至山腰,有一楼阁名曰罗汉洞,相传方岩开山祖师正德禅师曾在此修行。往上走,渐渐坡陡如梯,人称百步峻,建有一亭曰步云亭。

过了步云亭,就往天门走。这段路为"飞桥",内傍峭壁,外临深涧,盘曲而上。路不长,却走了很久,可以说是走一步歇几步。有几位游客扛着巨大的香,粗粗长长,像扛着一段成年的毛竹。那香很华丽,外面看去还有腾龙祥云图案。有的还把香点着了,不得不往边上挤。奇怪的是,平时步履匆匆的游客们却显示出了少有的耐心,没听一人骂骂咧咧的,大家都心平气和地随着人流慢慢移动。

上了天门,就到了天王殿,拥挤的状况有所缓解。天王殿上有一佛教对联,上书:佛家钟磬通碧落容存古像仁被欲界,哲人慧目识灵源语入新经译及遐方。跨进天门,山势骤然平坦,人称"天街",让人恍然来到了某城郊街道。右侧商店云集，一眼看去红火一片，东阳香烛、诸暨香烛、义乌香烛等，居然按地方来卖。每家店的门口，都放着一只公鸡和一个咬着猪尾巴的猪头。大概是希望像公鸡一样勤劳，一年头尾都很幸运吧。有的店里，还放着一种看起来很古老的凳子，里面可以生火取暖，一问才知那叫火桶。多么有烟火味的名字。香烛和经整整齐齐地排列着，映得满室红光。那经居然有很多类别，什么平安经、发财经、财神经、胡公经、健康经、事业经、高皇经、消灾经、状元经、观音经、运气经等，真是不怕没有就怕想不到了。

再走上一段，就到了广慈寺，寺内有胡公殿。人一下子又多了起来。据说1959年，毛泽东开完庐山会议途经金华，问起永康县委书记永康什么最出名。马蕴生书记回答是五指岩生姜。毛泽东摇头道："方岩山上有个胡公大帝，香火长盛不衰，最是出名的了。其实胡公不是佛，也不是神，而是人。他是北宋时期的一名清官，他为人民办了很多好事，人民纪念他罢了。为官一任，造福一方，很重要啊！"1996年，"为官一任，造福一方"就镌刻到了胡公祠前的照壁上。

胡公，名则，成长于永康，就读于方岩，26岁时进士及第，金榜题名，官至兵部侍郎，"逮事三朝，十握州符，六持使节，选曹计省，历践要途"。他体察民情，好施仁政，百姓以为"生当侯封，死当庙食"，敬为神灵。可不是，胡公殿内红烛煌煌，香烟缭绕，人群摩肩接踵。我从来没上过香，只随着儿子的姑丈慢慢往前挪。好容易到了胡公前，来不及端详，只急急忙忙说了一句"祝愿国家风调雨顺，百姓生活安康，儿子孝顺有爱，家人健康平安"，就被人流挤了出来。

站在门口，缓一口气才发现，我的衣服、头发上沾满了香烛油，不知能否洗掉。不少人在一旁求签，解签。子曰，君子不卜。我不是君子，只是觉得来此地表达点心愿就行，毕竟成事在人，不想对未来有先知。

郁达夫曾在他的游记里写:"从前看中国画里的奇岩绝壁,皴法皱迭,苍劲雄伟到不可思议的地步,现在到了方岩,向各山略一举目,才知道南宋北派的画山点石,都还有未到之处。"方岩自然景观原来如此独特。回去的路上,我和儿子看着门票中那些没去过的旅游景点,觉得此行真是太特别。确实,方岩在众多游客的眼里,更多的是承载了精神恳望,而不是它本身的苍劲奇特了。

悠悠屏岩洞府行

一

有人说，旅游是从自己待腻的地方到别人待腻的地方去。也有人说，旅游是上车睡觉下车撒尿，到了景点拍照。我觉得，旅游图的是一种松弛的状态。真正能用的弓，都是松弛的。快节奏的生活让我们少了弓一样的涵养和柔韧。因此，我更喜欢到近处旅游，亲近家乡的山水草木。

那天，熏风轻暖，我和家人去横店屏岩洞府玩。春天的阳光活泼地溜进树丛，欢快地洒下一地嫩黄。鸟儿仿佛忽然被唤醒，清亮的歌声好像宣纸上的墨迹静静地向四周洇去。

屏岩洞府以奇山怪石异洞著称。《东阳县志》以"南有屏枫东有白，岩背水满井，山脚泉水清"赞誉。《金华府志》上载"碧岘南排，紫岜东耸，白鹿与青台竞秀，夏山与东白争奇。"《浙江通志》曰："东南隅山水佳处，蜿蜒磅礴绵延数百里，山寺为双岘经野，建邑于焉依"。山峰的东南面如刀削一般，顶端却平缓连绵，远望如一道天然屏障。大概这就是其名之由来。

我们买好票，来到索道站，蓝色的缆车上都写着"屏岩洞府"字样，先生说，坐缆车全程1500米，上下行各20分钟，很快就到。一上去，我就觉得头晕恐高，赶紧闭上眼。缆车一有大一点的动静，我就大声惊叫起来。

典型的丹霞地貌构成了屏岩洞府陡直的屏岩，山上的岩壁凹处很多，长着深绿色和白绿色的苔藓，有的地方兀自长出一丛丛可爱的草来，虽没有树木红花点缀，倒也不显单调。层层岩石相叠，超大巨石横空而跨，让人不得不感叹自然的伟力。

沿着石梯往上走，看到树上挂满了红色的祈福布条，写满了愿望，远看像一串串红辣椒。莫非这些就是传说中的许愿树？

总以为胡公殿在永康方岩，不料在此也见到一个。原来屏岩洞府还是道家修行之福地，难怪上香的游客不少了。还有八仙过海的景点，看，铁拐李、汉钟离、蓝采和，一个个形态各异，活灵活现。小孩子都特别喜欢在此拍照。

走过八仙过海，有一处在路中间横跨过来的岩石上写着"碰头是福"四个红色的字。大人孩子走过，故意去碰头。儿子严寒还使劲跳起来碰。大家知道那字写在有弹性的材料上，再怎么碰都是安全的。快乐是福啊。

斤丝涧是屏岩洞府的招牌景观。从岩顶到山脚，硬生生地裂开一道石缝，宽米许，深难测。在我们头顶，光滑的大岩石上落下一滴滴泉水，十分清澈，更增添了几分寒意。据说，当年吕洞宾背剑出游到屏岩，被人讥讽剑钝无锋，就挥剑劈岩，砍出了这深不见底的山涧。又有传闻说，太上老君和赤脚大仙打赌涧的深浅，赤脚大仙认为涧不可能深达一斤蚕丝。太上老君就向正在浣纱的西施借得蚕丝一斤，放于涧中，刚好到底。儿子往涧里投下一石，只听得一路的撞击声，深浅难测。

离开斤丝涧来到钟鼓楼，但见峭壁含云，洞穴吞雾，这便是屏岩洞府的"仰天饭甑"。据说饭让驮载八仙过海的老龟偷吃精光了，徒留空甑朝天。一路走过，抬头远望，横店城尽收眼底，明清宫苑、广州街、香港街都可一一分辨。

感觉累了，我们就在路边的亭子里坐下，大家吃点零食，喝喝水，聊聊天。生活是一张唱片，摇滚不可持久，舒缓才是永恒。

最后，我们的目光在一大丛翠竹上荡起了秋千。俗话说，挖光冬笋，促发春笋。听说，游客可以采走这里的冬笋，但不可挖春笋。可是冬笋难辨，一般人是找不到的。有人说，竹梢倾斜的方向长笋，竹梢上雨珠滴落处一般有笋。真是神秘的"门道"。

　　聊够了继续往前，就到了四海龙王殿，里面塑着虾兵蟹将，一个个面目狰狞。倒走一点点再往山顶就到了千年佛塔。那塔大约有四五层楼高，里外的墙壁上画着数以万计的佛像，多如满天繁星，又如池塘中浮起的万千水泡，让人目不暇接。

　　倘游兴不减，还可乘兴翻过山梁，到临界的三都胜境去。半天的时间，没有车途之苦，却能享受满满的惬意。看来，美丽的风景不一定在远方。